KB206378

스토리텔링 100점 수학

2
학년

2013년 2월 22일 초판 1쇄 펴냄

펴낸곳 | ㈜ 꿈소담이
펴낸이 | 김숙희
기획 · 글 | 서지원 스토리텔링연구소
그림 | 이지애

주소 | 136-023 서울특별시 성북구 성북동 1가 115-24 4층
전화 | 747-8970 / 742-8902(편집) / 741-8971(영업)
팩스 | 762-8567
등록번호 | 제6-473(2002. 9. 3)

홈페이지 | www.dreamsodam.co.kr
북카페 | cafe.naver.com/sodambooks
전자우편 | isodam@dreamsodam.co.kr

ISBN 978-89-5689-861-2 64800

- 책 가격은 뒤표지에 있습니다.
- 꿈소담이의 좋은 책들은 어린이와 세상을 잇는 든든한 다리입니다.

서지원 스토리텔링연구소 기획 · 글 | 이지애 그림

수학에서 절대 실수하지 않으려면?

어린이 여러분, 반가워요!

이 책을 펼쳐 본 어린이라면 수학을 잘하고 싶은 마음이 조금이나마 있는 어린이일 거예요. 수학 문제를 풀다 보면 때로는 가슴이 답답하고 눈이 어질어질 돌아가지요? 하지만 정답을 딱 맞히면 한여름에 얼음물을 마신 듯 시원해진답니다.

수학을 잘하는 방법 한 가지를 알려 줄게요. 초등학생부터 중학생, 고등학생 선배들까지 이 방법을 사용해서 수학을 무척 잘하게 됐답니다. 그러니까 여러분도 꼭 이 방법을 사용해 보세요.

사람은 누구나 실수를 해요. 정답을 알지만, 자기도 모르게 실수를 하지요. 수학 문제를 풀다 뻔히 아는데도 자꾸 틀리는 건 실수를 하기 때문이에요. 모르는 문제를 틀려도 마음이 아픈데, 아는 문제를 틀리면 더 마음이 아프고 안타까워요.

한 번 실수했다면, 두 번 다시 실수하지 않아야 해요. 절대로 실수하지 않으려면 실수하지 않는 연습장을 만드세요.

실수를 하는 친구들은 흔히 시험지나 문제지 테두리에 문제를 풀곤 해요. 그러다가 나중에는 자기 글씨도 제대로 알아보지 못해서 계산을 틀리곤 하지요.

실수를 하지 않으려면 문제는 반드시 연습장에 푸세요. 수학 문제를 푸는 연습장을 따로 한 권 마련하세요.

수학 연습장을 잘 쓰는 방법도 알려 줄게요. 연습장은 나눠서 써요. 길게 반으로 접은 다음에, 4칸으로 나누세요(전체 8등분을 하라는 뜻인데, 8등분이 무엇인지 잘 모르겠다면 주변의 어른들에게 여쭤 보세요).

8칸으로 나눈 칸 중에 오른쪽 4칸은 세로로 곱하기나 나누기, 받아올림이 있는 덧셈이나 받아내림이 있는 빼셈 문제를 계산할 때 써요. 8칸으로 나눈 칸 중에 왼쪽 4칸은 문제를 푸는 과정을 적으세요.

이제 문제를 풀어 보세요. 만약 문제가 틀렸다면, 내가 어느 부분에서 실수했는지 금방 찾을 수 있어요. 그래서 다시는 실수를 하지 않게 되지요.

2학년 친구들! 이제 수학 연습장을 준비했나요? 그러면 즐거운 수학 공부를 시작해 봐요.

서지원

차례

보드

누구나 할 수 있는 4단계 입체 학습법

1단계 이야기마당

교과서에 나온 핵심 원리가 만화로 나옵니다. 동화를 읽기 전에 미리 만화를 읽으면 어떤 것을 배워야 할지 예습할 수 있습니다.

2단계 스토리텔링

한 편씩 동화를 읽다 보면, 나도 모르게 어려운 공부가 저절로 됩니다. 원리가 그림으로 풀이되어 쉽게 배울 수 있습니다.

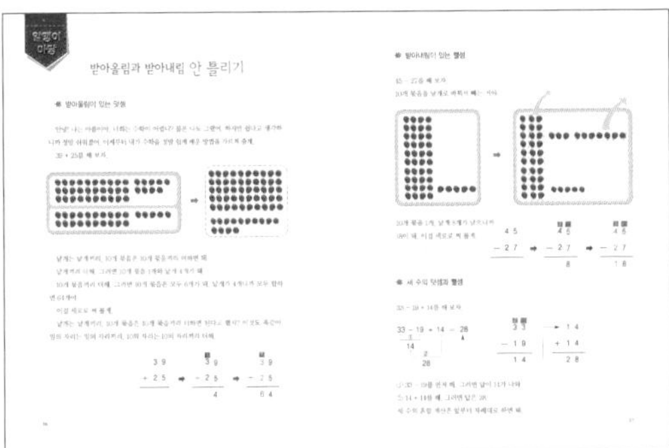

알맹이 마당

받아올림과 받아내림 안 틀리기

3단계 알맹이마당

동화 속에 나왔던 핵심 원리를 다시 한 번 읽어 보면 절대 잊지 않습니다.

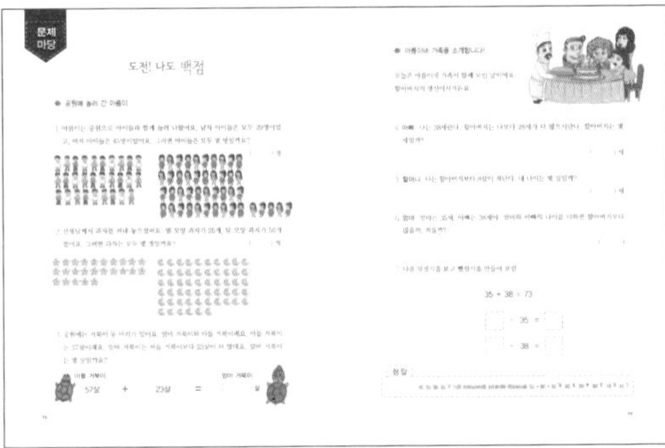

문제 마당

도전! 나도 백점

4단계 문제마당

다 배웠으면 백점 만점에 도전해야지요? 단순한 문제가 아니라, 머리가 좋아지는 문제입니다. 이야기에 숨어 있는 재밌는 문제를 풀다 보면 상상력, 창의력, 논리력이 쑥쑥 자라게 됩니다.

'받아올림·받아내림'은 정말 쉬워!

공부할 내용

- 받아올림이 있는 두 자리 수 + 두 자리 수를 할 수 있어요.
- 받아내림이 있는 두 자리 수 − 두 자리 수를 할 수 있어요.
- 세 자리 수의 덧셈을 할 줄 알게 돼요.
- 세 자리 수의 뺄셈을 할 줄 알게 돼요.
- 세 수의 계산도 할 줄 알게 됩니다.

이야기
마당

아름이와 딸기잼 만들기

아름아, 오늘은
엄마와 함께
딸기잼을 만들어 볼까?
와!
신 나라!

아름아,
냉장고에
딸기가 몇
개나 있는지
세어 볼래?
네!

위 칸에는 15개가 있고,
아래 칸에는 17개가 있네.

위 칸에 15개,
아래 칸에 17개
있어요.
그럼 딸기가
몇 개나 있지?

그러니까 딸기가
모두 몇 개냐고?
???

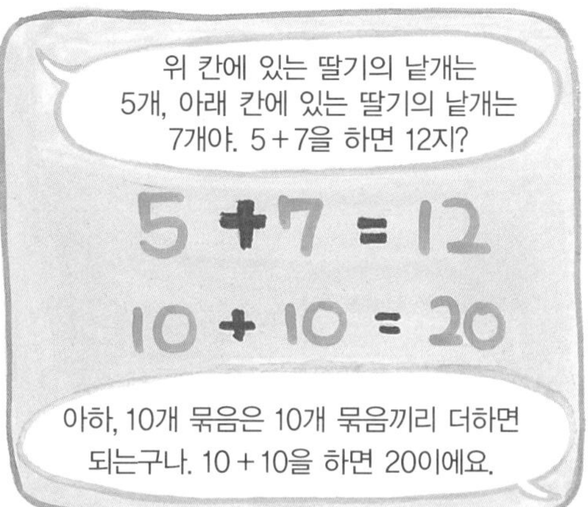

한 줄 읽기

받아올림이 있는 덧셈은 낱개는 낱개끼리, 10개 묶음은 10개 묶음끼리 더하면 된다.

딸기가 좋아!

"야! 딸기다, 딸기!"

아름이는 좋아서 입이 딱 벌어졌어.

주변이 온통 먹음직스럽게 생긴 딸기로 가득했거든.

"히히, 맛있겠다!"

오늘 아름이는 반 친구들이랑 딸기 농장으로 체험 학습을 왔어.
빨갛고 오동통한 딸기가 조롱조롱.
아름이는 저도 모르게 군침을 꼴깍.
딸기는 아름이가 가장 좋아하는 과일이야.

"자, 모두 바구니를 하나씩 들고 딸기를 따렴."

선생님 말씀에 따라 아름이와 소희는 바구니를 하나씩 옆구리에 꼈어.

"소희야, 우리 누가 딸기 더 많이 따는지 내기할래?"

"좋아!"

"준비, 시작!"

아름이와 소희는 빨갛게 잘 익은 딸기를 하나 따고, 또 하나 따고.
바구니 속에 금세 딸기가 소복소복 쌓였어.

바구니 속에 딸기가 반쯤 찼을 때였어.
아름이는 자꾸 딴생각이 들었지.
'딸기 먹고 싶은데……. 하나만 먹을까?'
아름이는 결국 참지 못하고 딸기 하나를 입 안에 **쏙!**
새콤하고 달콤한 딸기가 입 안에서 **살살!**
아름이는 몸을 부르르 떨었어.
'우아, 진짜 맛있어. 딱 하나만 더 먹자.'
아름이는 딸기를 하나 더 입 안에 **쏙!**

'이제 그만 먹고 딸기 따야지.'

아름이는 크고 새빨간 딸기에 손을 내밀었어.

바로 그때, 푸릇푸릇한 잎사귀 사이에서 뭔가가 꿈틀대지 않겠어?

아름이는 눈이 동그래져서 보다가……, 깜짝 놀라서 뒤로 발라당!

"엄마야!"

잎사귀 위를 꿈틀꿈틀 기어 다니는 것은 바로 하얗고 통통한 애벌레였어!

아름이 주변에 있던 친구들도 애벌레를 보고 줄줄이 발라당 콩! 벌러덩 쿵!

"꺄!"
"엄마야!"

딸기 농장 안은 순식간에 난리 법석이 되었지.

깜짝 놀란 선생님이 얼른 달려오셨어.

선생님은 애벌레를 보고 깔깔 웃으셨단다.

"괜찮아, 얘들아. 여기서는 농약을 치지 않고 거름만 준단다. 그래서 벌레도 있는 거야."

선생님 말씀에 아름이와 친구들은 눈이 동글동글.

선생님은 빙긋 웃으시며 말씀하셨어.

“벌레가 있다는 건 이 딸기가 깨끗하고 맛있다는 뜻이야.”

“진짜요?”

그제야 아름이와 친구들은 마음을 놓았지.

아름이와 친구들은 다시 신 나게 딸기를 땄어.
곧 반질반질 윤기 나는 딸기가 바구니마다 가득가득.
"우아, 소희야. 딸기 진짜 많이 땄다!"
아름이는 소희의 바구니를 보고 입을 떡 벌렸지.
"얼마나 딴 거야?"
"글쎄?"
아름이와 소희는 각자 딴 딸기를 세 보기로 했어.
소희가 딸기 65개, 아름이는 46개였어.

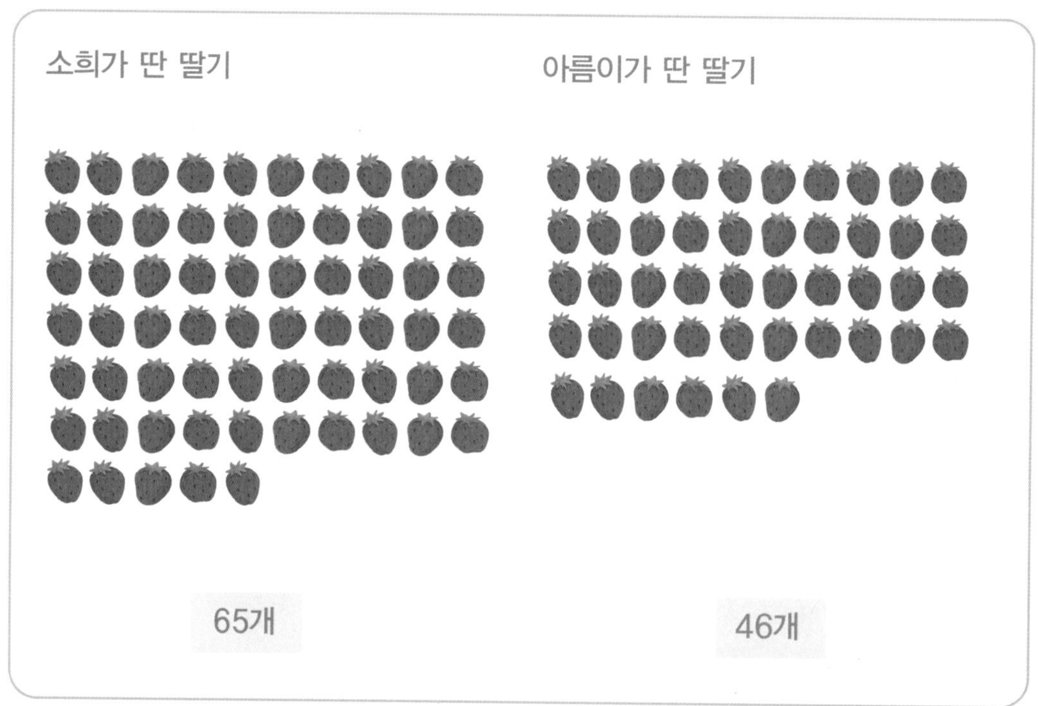

"야, 우리 정말 많이 땄다! 111개나 돼!"

아름이의 말에 소희는 방글방글 웃으며 좋아했지.

"헤헤, 내가 아름이보다 19개나 많이 땄네."

받아올림이 있는 덧셈과 받아내림이 있는 뺄셈을 할 수 있어요!

(1) 받아올림이 있는 덧셈

17과 15를 더해 볼까요?

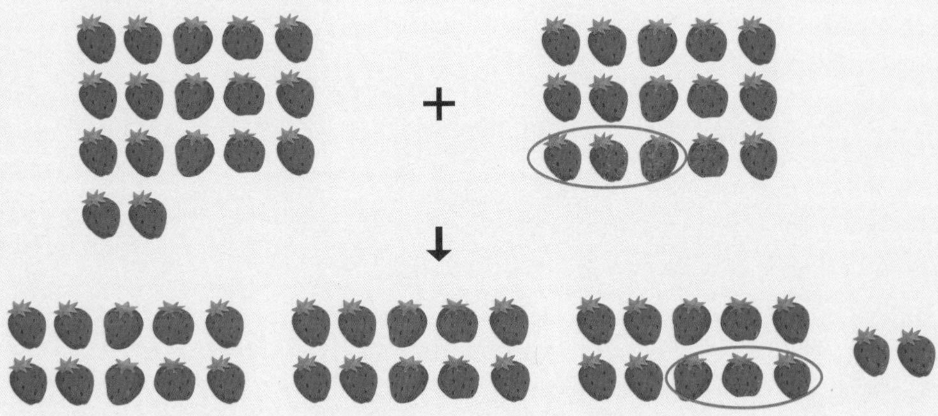

10개 묶음이 3개, 낱개가 2개입니다. 이를 합하면 32개지요.

이것을 세로로 쓰면 다음과 같아요.

$$\begin{array}{r} 17 \\ +\ 15 \\ \hline \end{array} \qquad \begin{array}{r} {\scriptsize 1} \\ 17 \\ +\ 15 \\ \hline 2 \end{array} \qquad \begin{array}{r} {\scriptsize 1} \\ 17 \\ +\ 15 \\ \hline 32 \end{array}$$

이번에는 65와 46을 더해 볼까요?

숫자가 크지만 겁먹을 필요 없어요. 아까처럼 받아올림을 사용해 덧셈을 하면 쉽게 계산할 수 있거든요.

먼저 숫자를 세로로 써요.

```
  65          1
+ 46          65
----        + 46
            ----
               1
```

일의 자리를 더해요.
합이 10이거나 10을 넘으면
십의 자리로 받아올림을 해요.

```
   1
   65
+  46
-----
  111
```

받아올림한 수는 십의 자리 숫자를 더할 때 같이 더해요.
십의 자리 숫자의 합이 10이거나
10을 넘으면 백의 자리로 받아올림을 해요.

(2) 받아내림이 있는 뺄셈

32에서 13을 빼면 얼마일까요?

10개 묶음이 1개, 낱개가 9개 남아요. 19개입니다.

이것을 세로로 쓰면 다음과 같아요.

$$\begin{array}{r} 3\ 2 \\ -\ 1\ 3 \\ \hline \end{array}$$

일의 자리를 계산해요.
2에서 3을 뺄 수 없으니까 십의 자리에서 받아내림을 하지요.

$$\begin{array}{r} \scriptstyle 2\quad 10 \\ \not{3}\ 2 \\ -\ 1\ 3 \\ \hline 9 \end{array}$$

십의 자리에서 받아내림을 한 다음 12 − 3으로 계산합니다.

$$\begin{array}{r} \scriptstyle 2\quad 10 \\ \not{3}\ 2 \\ -\ 1\ 3 \\ \hline 1\ 9 \end{array}$$

십의 자리 수 3에서 일의 자리로 10을 받아내림을 했기 때문에 2에서 1을 빼고, 1을 십의 자리에 맞추어 쓴답니다.

그때 은수와 서우, 미나가 깡충깡충 뛰어왔어.

"얘들아, 너희 많이 땄어?"

"그럼! 소희랑 나랑 111개나 땄다!"

아름이가 자랑하자 은수와 서우, 미나도 바구니를 내밀며 말했어.

"우리는 169개나 땄지!"

그러자 옆에 있던 유리와 영미도 입을 모아 말했지.

"우리는 134개 땄는데!"

세 수를 더하고 뺄 수 있어요!

아름이와 친구들이 딴 딸기는 모두 몇 개일까요?

먼저 아름이와 소희가 딴 딸기는 111개예요. 은수와 서우, 미나가 딴 딸기는 169개고요. 유리와 영미가 딴 딸기는 134개이지요.

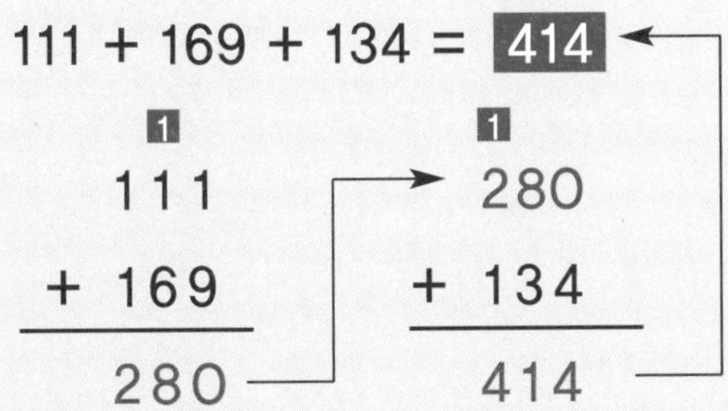

아름이와 친구들이 딴 딸기는 모두 414개랍니다.

그럼 이번에는 반대로 세 수를 빼 볼까요?

$414 - 134 - 169 = 111$

```
 3 10          7 10
  414           280
- 134    →    - 169
-----         -----
  280           111
```

어렵지 않지요? 다만 세 수의 계산에서 뺄셈이 있으면 반드시 앞에서부터 순서대로 계산해야 해요. **덧셈만 있을 때에는 앞뒤 숫자를 바꿔 계산해도 답이 똑같지만, 뺄셈이 있을 때에는 답이 달라지거든요.**

어느덧 시간이 많이 흘러 점심시간이 되었지.

선생님께서 큰 소리로 말씀하셨어.

"얘들아, 이제 딸기를 그만 따자꾸나!"

"네!"

아름이와 친구들은 선생님을 따라 열심히 딴 딸기를 깨끗한 물에 살살 씻었어.

다 씻은 딸기는 체에 받쳐 두었지.

마침내 딸기를 다 씻자 아름이와 친구들은 와글와글 떠들며 자리에 앉았어.
맛있는 김밥 하나 먹고, 싱싱한 딸기 하나 먹고.
그 맛이 어땠냐고?
물론 둘이 먹다 하나가 기절해도 모를 만큼 맛있었지!

받아올림과 받아내림 안 틀리기

받아올림이 있는 덧셈

안녕! 나는 아름이야. 너희는 수학이 어렵니? 물론 나도 그랬어. 하지만 쉽다고 생각하니까 정말 쉬워졌어. 이제부터 내가 수학을 정말 쉽게 배운 방법을 가르쳐 줄게.

39 + 25를 해 보자.

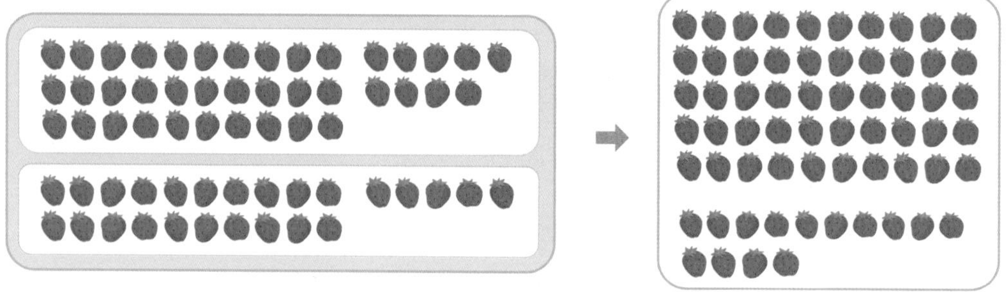

낱개는 낱개끼리, 10개 묶음은 10개 묶음끼리 더하면 돼.

낱개끼리 더해. 그러면 10개 묶음 1개와 낱개 4개가 돼.

10개 묶음끼리 더해. 그러면 10개 묶음은 모두 6개가 돼. 낱개가 4개니까 모두 합하면 64개야.

이걸 세로로 써 볼게.

낱개는 낱개끼리, 10개 묶음은 10개 묶음끼리 더하면 된다고 했지? 이것도 똑같아. 일의 자리는 일의 자리끼리, 10의 자리는 10의 자리끼리 더해.

$$\begin{array}{r} 3\,9 \\ +\ 2\,5 \\ \hline \end{array} \Rightarrow \begin{array}{r} {\scriptsize 1} \\ 3\,9 \\ +\ 2\,5 \\ \hline 4 \end{array} \Rightarrow \begin{array}{r} {\scriptsize 1} \\ 3\,9 \\ +\ 2\,5 \\ \hline 6\,4 \end{array}$$

받아내림이 있는 뺄셈

45 − 27을 해 보자.

10개 묶음을 낱개로 바꿔서 빼는 거야.

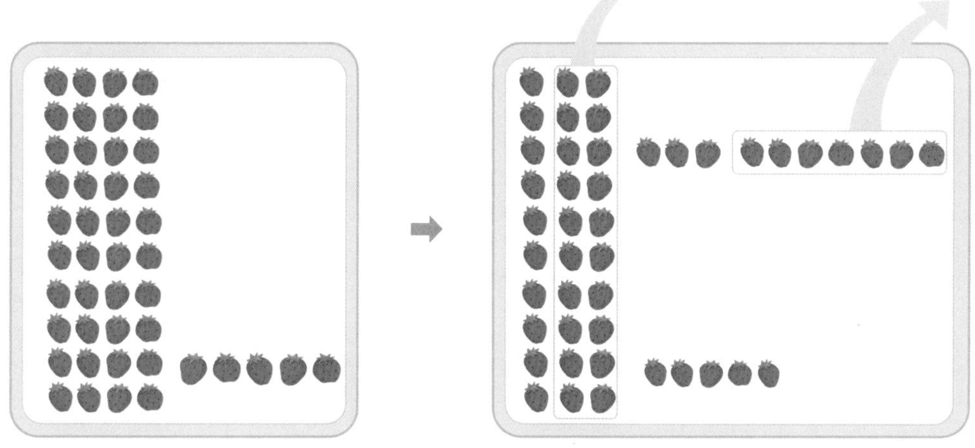

10개 묶음 1개, 낱개 8개가 남으니까 18이 돼. 이걸 세로로 써 볼게.

$$\begin{array}{r} 4\,5 \\ -\ 2\,7 \\ \hline \end{array} \Rightarrow \begin{array}{r} \overset{3\ 10}{\not{4}\,5} \\ -\ 2\,7 \\ \hline 8 \end{array} \Rightarrow \begin{array}{r} \overset{3\ 10}{\not{4}\,5} \\ -\ 2\,7 \\ \hline 1\,8 \end{array}$$

세 수의 덧셈과 뺄셈

33 − 19 + 14를 해 보자.

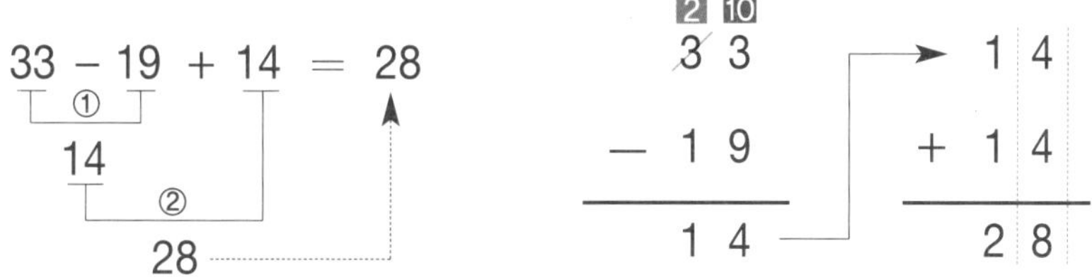

① 33 − 19를 먼저 해. 그러면 답이 14가 나와.

② 14 + 14를 해. 그러면 답은 28.

세 수의 혼합 계산은 앞부터 차례대로 하면 돼.

도전! 나도 백점

공원에 놀러 간 아름이

1. 아름이는 공원으로 아이들과 함께 놀러 나왔어요. 남자 아이들은 모두 29명이었고, 여자 아이들은 45명이었어요. 그러면 아이들은 모두 몇 명일까요?

( ) 명

2. 선생님께서 과자를 꺼내 놓으셨어요. 별 모양 과자가 25개, 달 모양 과자가 56개였어요. 그러면 과자는 모두 몇 개일까요?

( ) 개

3. 공원에는 거북이 두 마리가 있어요. 엄마 거북이와 아들 거북이래요. 아들 거북이는 57살이래요. 엄마 거북이는 아들 거북이보다 23살이 더 많대요. 엄마 거북이는 몇 살일까요?

아들 거북이 57살 + 23살 = 엄마 거북이 ☐ 살

아름이네 가족을 소개합니다!

오늘은 아름이네 가족이 함께 모인 날이에요.
할아버지의 생신이시거든요.

4. 아빠: 나는 38세란다. 할아버지는 나보다 28세가 더 많으시단다. 할아버지는 몇 세일까?

( ) 세

5. 할머니: 나는 할아버지보다 8살이 적단다. 내 나이는 몇 살일까?

( ) 세

6. 엄마: 엄마는 35세, 아빠는 38세야. 엄마와 아빠의 나이를 더하면 할아버지보다 많을까, 적을까?

( )

7. 다음 덧셈식을 보고 뺄셈식을 만들어 보렴.

$$35 + 38 = 73$$

$$\square - 35 = \square$$

$$\square - 38 = \square$$

정 답

1. 74 2. 81 3. 80 4. 66 5. 58 6. 35 + 38 = 73, 할아버지는 66세니까 할아버지보다 많다. 7. 73, 38, 73, 35

'곱셈'의 원리를 깨달았어!

공부할 내용

- ▶ 곱셈이 무엇인지 알게 돼요.
- ▶ 곱셈의 원리를 깨달을 수 있어요.

이야기
마당

곰 과자의 눈동자 붙이기

아름아, 오늘은 아빠랑
과자를 만들어 볼까?
와!
재밌겠다!

킁, 킁, 아,
맛있는 냄새!
잘 익었구나!

곰 과자를 완성하려면
곰의 눈동자를 붙여야 해. 초콜릿으로
눈동자를 만들자꾸나.
우훗! 내가 제일
좋아하는 초콜릿!

곰 과자가 5개구나.
곰 과자에 붙일
초콜릿을 가져올래?
딱 맞게 가져와야
한다.
네!

1개, 2개, 3개, 4개….
아, 대체 몇 개를
가져가야 하지?

낱개로 세는 것보다 묶어서 세면 훨씬 빨리 셀 수 있다.

참을 수 없어! 바삭바삭 초콜릿 쿠키

"아, 맛있는 냄새! 아빠, 쿠키 구웠죠?"

아름이는 콧구멍을 벌름대며 가게 안으로 폴짝!

때마침 오븐에서 쿠키 판을 꺼내던 아빠가 아름이를 보고 너털웃음을 치셨지.

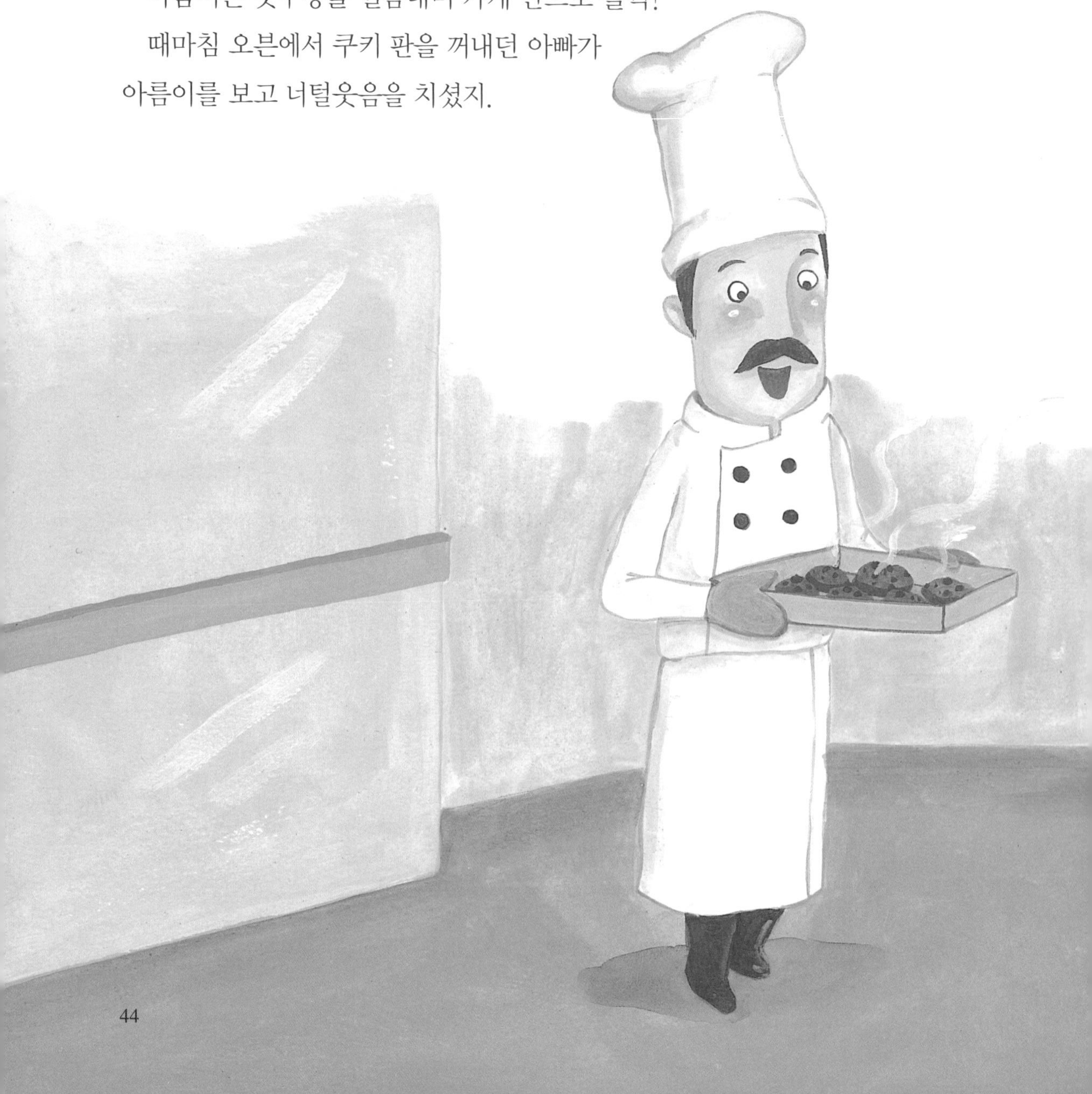

"허허, 아름이가 귀신같이 알고 왔구나!"

"그럼요. 난 아빠가 만든 초콜릿 쿠키가 세상에서 가장 좋아요!"

아름이는 엄지손가락을 번쩍 치켜들고 방긋 웃었어.

"오늘 일손이 부족했는데 잘됐다. 아름아, 아빠 좀 도와줄래? 아빠가 쿠키 5개 줄게."

"진짜죠? 야호!"

아름이는 좋아서 팔짝팔짝 뛰었어.

달콤한 초콜릿 쿠키 생각에 절로 신이 났지.

평소 엄마는 아름이에게 초콜릿 쿠키를 한 번에 딱 하나씩만 주시거든.

초콜릿 쿠키를 많이 먹으면 이가 상하기 때문이랬어.

아빠는 갓 구운 초콜릿 쿠키를 가리키며 말씀하셨어.

"아름아, 초콜릿 쿠키를 4개씩 모아 주렴."

아름이는 씩씩하게 대답했어.

"맡겨만 주세요!"

"음…… 그러니까, 초콜릿 쿠키가 하나, 둘, 셋, 넷. 꼴깍!"

아름이는 자기도 모르게 군침을 삼켰어.

큼직한 초콜릿이 숭숭 박힌 쿠키를 보니까 먹고 싶은 마음이 간절해졌지.

'아, 맛있겠다. 하나만 먹으면 안 될까? 하나쯤 먹어도 티 안 나잖아.'

아름이는 아빠 눈치를 힐끔 살폈어.

아빠는 새로 쿠키를 구울 준비를 하느라 바쁘셨지.

'딱 하나만…….'

아름이는 조심스레 초콜릿 쿠키를 집어 입 안에 쏙!

꿀꺽!

'아우, 맛있어! 역시 우리 아빠 초콜릿 쿠키는 세계 최고라니까!'

그때였어.

아빠가 앞치마에 손을 쓱쓱 닦으며 나오셨지.

"아름아, 다 했니?"

"네? 네! 그런데 아빠, 쿠키가 3개 남는데요?"

아름이는 시치미를 뚝 떼고 말했어.

"그래? 어디 보자……."

아빠는 아름이가 모아 놓은 쿠키를 한번 보고 쿠키 판을 한 번 보고.

그런데 이게 웬일이야.
아빠가 따끔하게 호통을 치지 않겠어?
"아름이, 너. 아빠 몰래 초콜릿 쿠키 먹었지!"
순간 아름이는 깜짝 놀라서 눈이 똥그래졌어.
'어, 어라? 아빠가 어떻게 아셨지? 분명 다른 데 보고 계셨는데!'
아름이는 더듬더듬 말했어.
"아, 아니……. 그게…… 아빠, 어떻게 아셨어요?"

그러자 아빠가 혀를 끌끌 차셨지.

"쯧쯧. 곱셈의 원리를 알면 간단하게 알 수 있단다."

"곱셈의 원리요?"

"그래, 자 쿠키 판을 보렴."

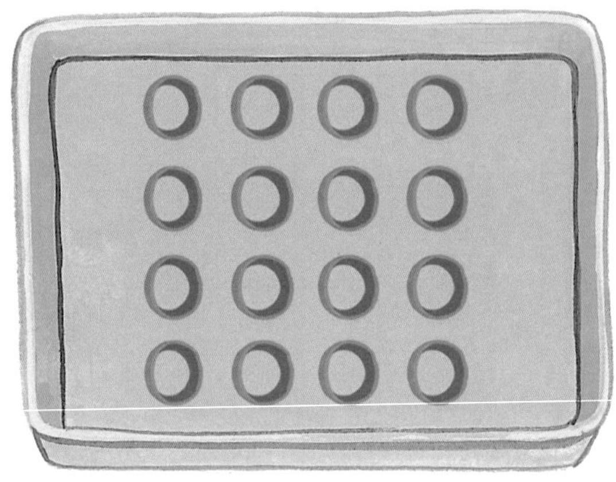

아빠는 쿠키판을 가리키며 차근차근 설명하셨어.

"4개씩 묶으면 어떻게 되니?"

"4개씩 4묶음이요."

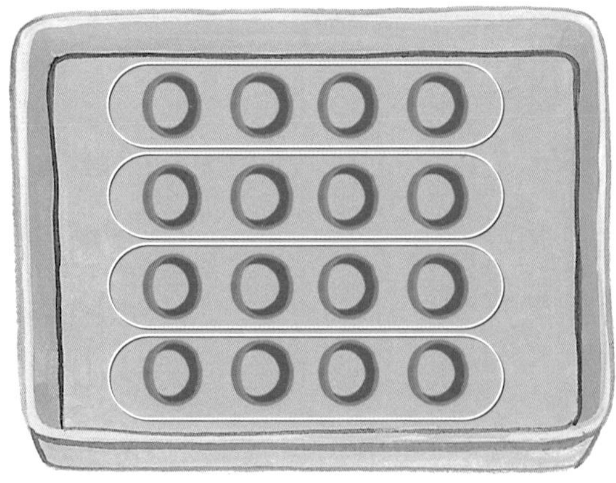

"4개씩 4묶음은 4의 4배란다. 4 곱하기 4라고도 하지.
이것은 4를 4번 더한 거나 마찬가지야."

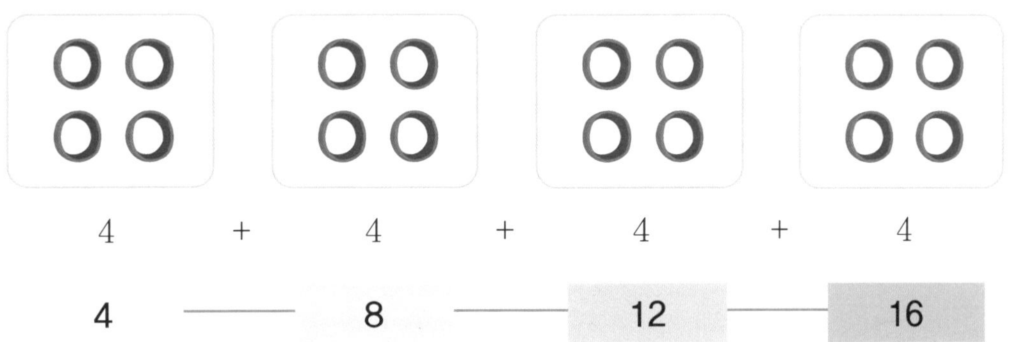

아름이는 고개를 갸웃하며 계산했어.
"4 더하기 4는 8, 4를 더하면 12고, 또 4를 더하면 16이요!"

곱셈을 할 수 있어요!

● 곱하기 ◆는 ● × ◆ 로 나타낼 수 있어요.

예를 들어, 빵이 3개짜리 묶음이 5개 있으면 3의 5배, 또는 3 곱하기 5라고 하고 3×5로 쓰지요. 이것은 3을 5번 더한 것 또는 3씩 5번 뛰어 센 것과 같아요.

$$3 + 3 + 3 + 3 + 3 = 15$$

$$3 \rightarrow 6 \rightarrow 9 \rightarrow 12 \rightarrow 15$$

$$3 \times 5 = 15$$

3의 5배는 15이고, "3 곱하기 5는 15입니다." 또는 "3 곱하기 5는 15와 같습니다." 라고 읽는답니다. 이때 3×5를 곱셈식, 15를 3과 5의 곱이라고 해요.

아빠는 엄한 목소리로 말씀하셨어.

"그래. 쿠키 판에서 구운 쿠키는 모두 16개야. 그런데 지금은 몇 개니?"

"15개요."

"16에서 15를 빼면?"

아빠의 말씀에 아름이는 고개를 푹 숙였어.

그리고 기어 들어가는 목소리로 꾸물꾸물 대답했지.

"죄송해요, 아빠. 제가 초콜릿 쿠키를 하나 먹었어요."

아빠는 그제야 빙그레 웃으시며 아름이의 머리를 쓱쓱 쓰다듬어 주셨어.

"아름아, 다음부터는 아빠 몰래 쿠키 먹지 않을 거지?"

"네……."

"거짓말도 안 할 거고?"

"네……."

“자, 그럼 아빠 일을 도와주렴.”

아빠는 따끈따끈한 쿠키 판을 4개나 더 들고 오셨지.

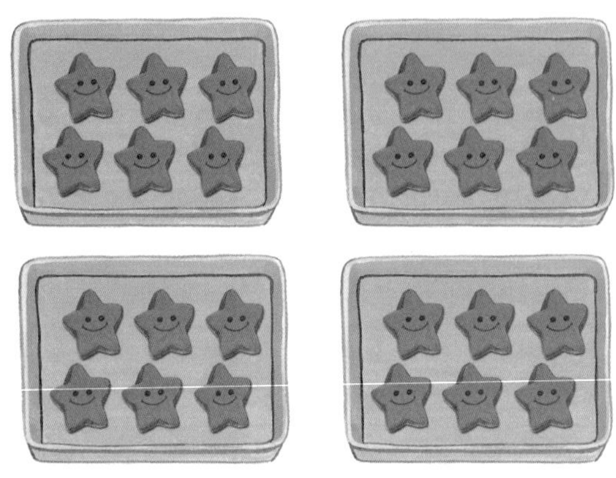

“아름아, 별 쿠키가 한 판에 6개씩 있단다. 그럼 별 쿠키가 모두 몇 개인지 알겠니?”

“음…….”

아름이는 잠깐 고민했어.

“쿠키 판 1개당 쿠키가 6개씩 있고, 쿠키 판이 모두 4개니까 6 곱하기 4를 하면…….”

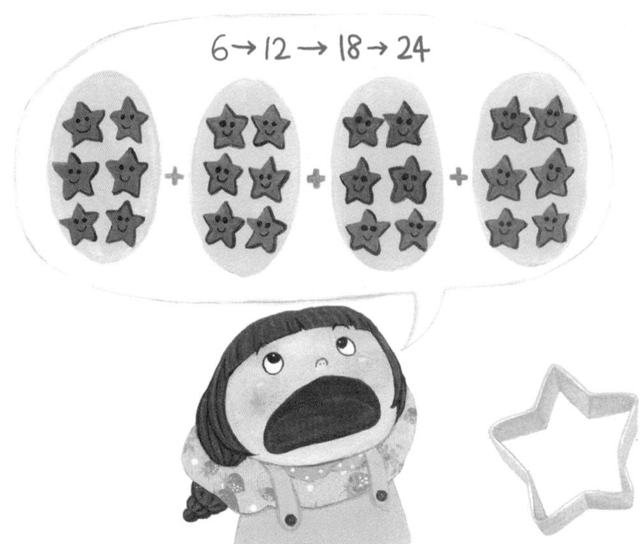

"아하, 아빠! 알았어요. 24개, 별 쿠키는 모두 24개예요!"

"정답! 우리 아름이 정말 똘똘하구나. 상을 줘야겠는데?"

아빠는 눈을 찡긋하며 초콜릿 쿠키를 하나 주셨어.

"엄마한테는 비밀이다."

"네!"

아름이는 얼른 초콜릿 쿠키를 입 안에 쏙!

꿀꺽!

"아우, 맛있어!"

아름이는 저도 모르게 엄지손가락을 번쩍.

"역시 아빠가 만든 초콜릿 쿠키가 세상에서 가장 맛있어요!"

곱셈을 알아보자

묶어서 세어 보자.

이건 과자야. 너희는 이 과자를 어떻게 세니?

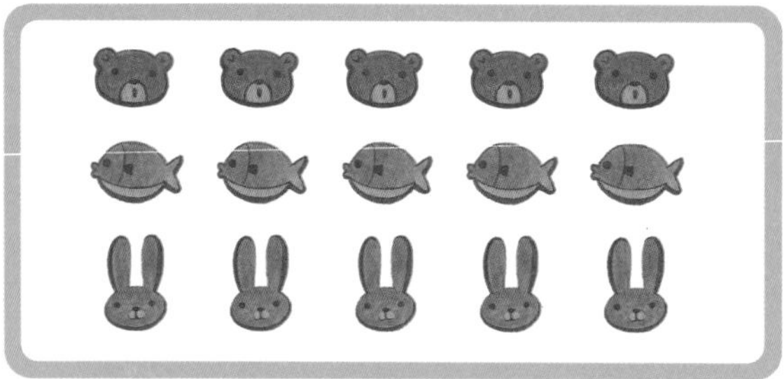

1, 2, 3, 4, 5, 6, 7, 8, 9, 10, 11, 12, 13, 14, 15.

이렇게 1개씩 세는 거야? 그러면 너무 불편해. 나처럼 해 봐.

3개씩 묶어서 세는 거야. 3, 6, 9, 12, 15.

어때? 쉽지? 더 쉬운 방법을 알려 줄까?

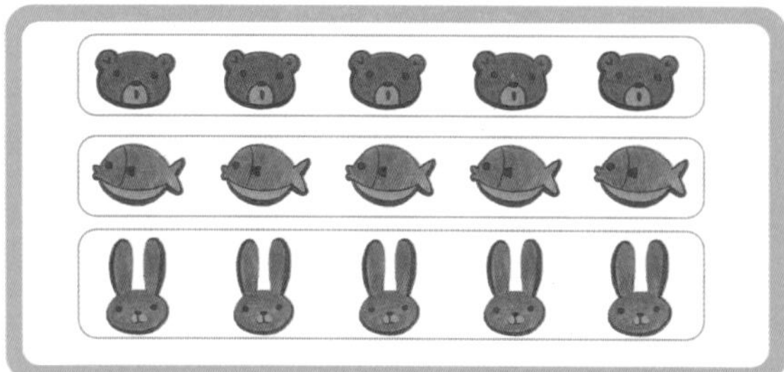

5개씩 묶어서 세는 거야. 5, 10, 15.

낱개로 세는 것보다 몇 개씩 묶어서 세는 게 훨씬 쉽고 편해.

5씩 묶어 세는 것은 5씩 더하면서 세는 것과 같아.

5, 10, 15 → 5 + 5 + 5 = 15

이걸 곱셈식으로 나타낼 수 있어.

5, 10, 15 → 5 + 5 + 5 = 15 → 5 × 3 = 15

곱셈식으로 나타내 보자.

와! 초콜릿이다! 이 초콜릿이 모두 몇 개일까? 6개씩 묶어서 세어 봐.

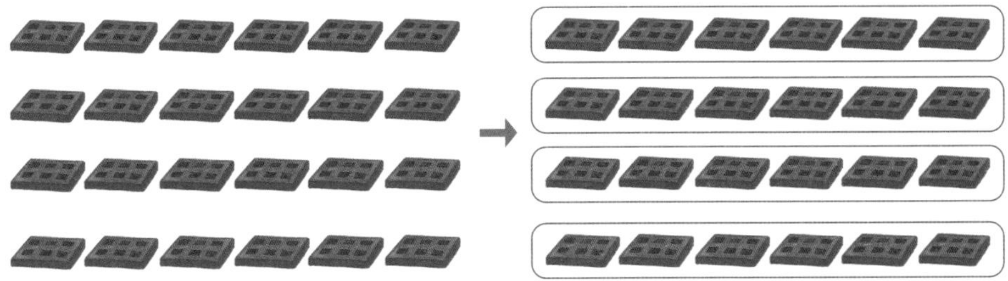

이건 6씩 4묶음이란 뜻이야.

덧셈식으로 나타내면 이렇게 할 수 있어.

6 + 6 + 6 + 6 = 24

그리고 곱셈식으로 나타내면 이렇게 할 수 있지.

6 × 4 = 24

6의 4배는 24라는 뜻이야. "6 곱하기 4는 24입니다." 또는 "6 곱하기 4는 24와 같습니다."라고 읽어.

도전! 나도 백점

아름이의 시장 보기

아름이는 엄마와 함께 마트에 왔어요. 딸기도 팔고, 파인애플도 팔고, 수박도 팔고, 아이스크림도 팔았어요.

1. 빵을 6개씩 묶어 세어 보세요.

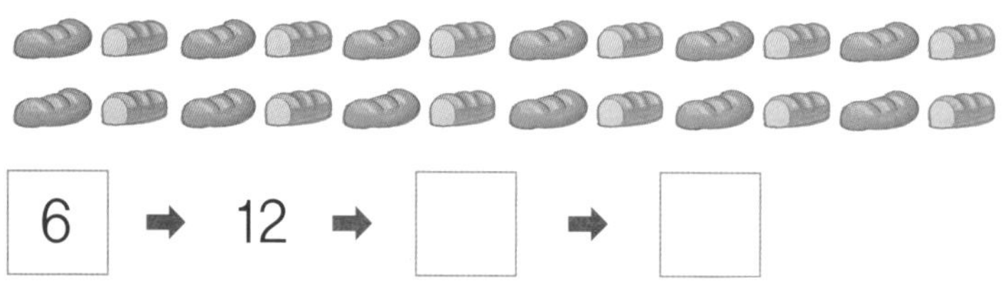

6 ➡ 12 ➡ □ ➡ □

2. 다음 □ 안에 알맞은 수를 써 넣으세요.

꽁치가 □ 마리씩 □ 묶음입니다. 그래서 모두 □ 마리입니다.

3. 다음 □ 안에 그림을 알맞게 그려 넣으세요.

딸기를 파는 아주머니께서 딸기를 상자 안에 넣고 있어요.
상자 1개를 가득 채우려면 딸기 3개가 4배만큼 있어야 해요.

□

곱셈식으로 써 보기

4. 아름이는 자전거 파는 곳에 갔어요. 세발자전거의 바퀴의 개수는 모두 몇 개일까요? 곱셈식으로 나타내 봐요.

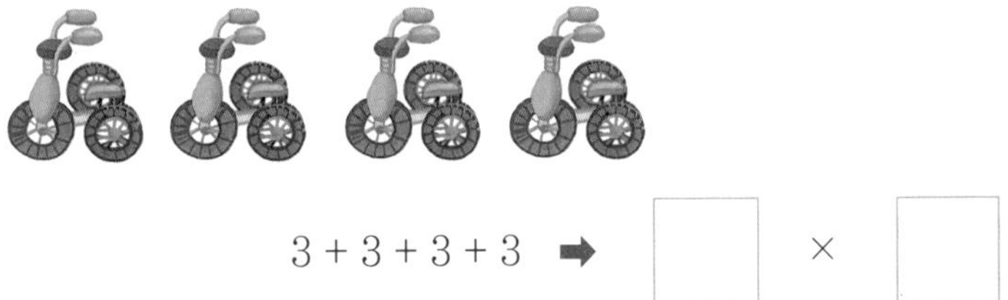

3 + 3 + 3 + 3 ➡ □ × □

5. 아름이는 문어 파는 곳에 갔어요. 문어의 다리의 개수는 모두 몇 개일까요? 곱셈식으로 나타내 봐요.

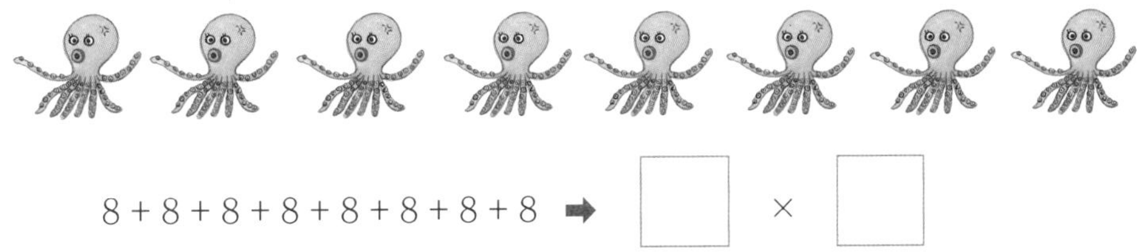

8 + 8 + 8 + 8 + 8 + 8 + 8 + 8 ➡ □ × □

6. 상자 안에 파인애플이 4개씩 4줄이 있어요. 파인애플이 모두 몇 개일까요? 곱셈식으로 써서 나타내고, 곱을 구해 봐요.

식 ____________________

답 ________개

정답

1. 18, 24 2. 3, 5, 15 3.  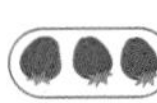  4. 3, 4 5. 8, 8 6. 4 × 4, 16

술술 외우는 '곱셈구구'

공부할 내용

- 곱셈구구를 왜 외워야 하는지 알게 돼요.
- 2단, 3단, 4단, 5단 곱셈구구를 배우게 돼요.
- 6단, 7단, 8단, 9단 곱셈구구를 배우게 돼요.
- 곱셈구구를 줄줄 외울 수 있게 돼요.

이야기
마당

아름이의 소원

큰일 났어. 내일 선생님이 곱셈구구 시험 본다고 했는데…. 다 외웠어?
아니.

아, 곱셈구구는 외우기가 너무 어려워요. 누가 제발 좀 도와주세요.

아무래도 내가 도와줘야겠군.

어험! 여기가 아름이네 집이냐?
산타 할아버지가 웬일이세요? 지금은 크리스마스도 아닌걸요?

아, 그렇구나! 고마워요!
네가 곱셈구구를 외우게 해 달라고 간절하게 기도를 해서 내가 일찍 나타났다.

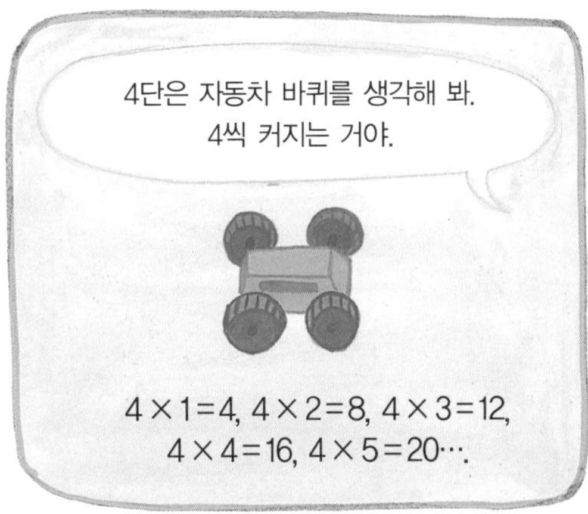

6, 7, 8, 9단 곱셈구구에서 곱하는 수가 1씩 커지면 곱은 6, 7, 8, 9씩 커진다.

덤벼라! 보드구구

"아름아, 놀자!"

심심한 일요일 오후, 친구 소희가 아름이를 찾아왔어.

소희는 낯선 상자를 아름이에게 내밀었지.

"어? 이게 뭐야?"

"새로 나온 보드 게임이야. 이름이 보드구구래."

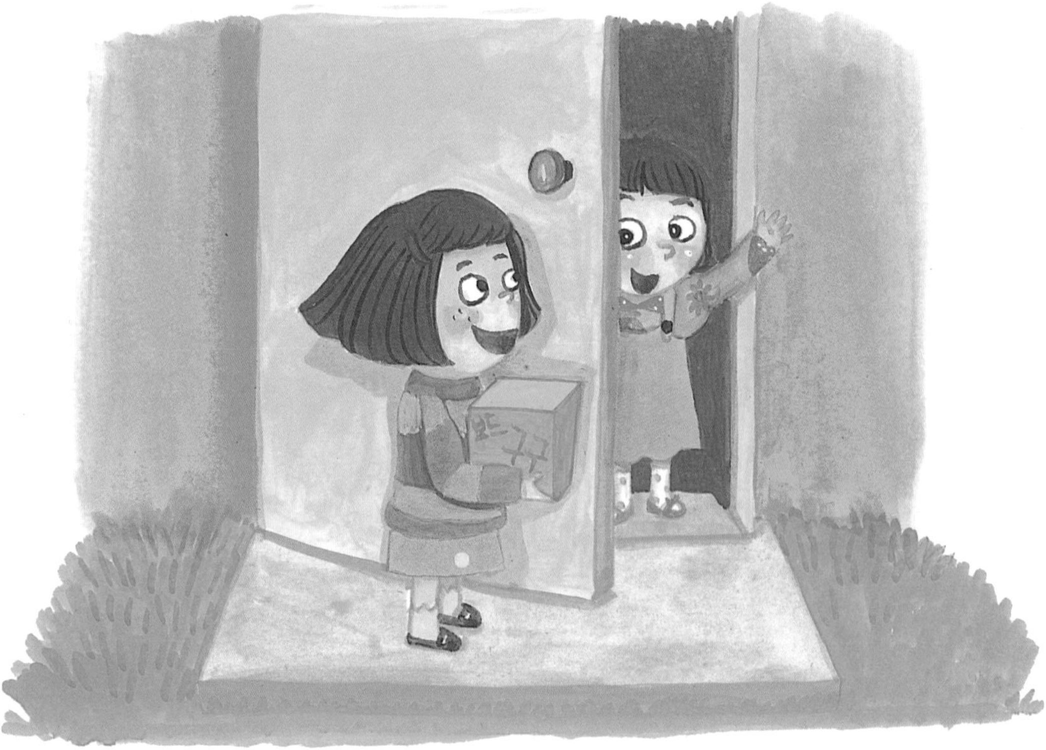

"보드구구?"

아름이가 고개를 갸웃하자 소희가 얼른 말했어.

"내가 언니한테 하는 법 배워 왔으니까 한번 해 보자. 응?"

"음, 그래. 좋아."

아름이와 소희는 바닥에 앉아 보드구구 상자를 열었어.

그러자 뱅글뱅글 동그란 돌림판 1개, 다트 2개, 넙죽한 보드 판 1개와 보드 말 4개, 그리고 카드 10여 장과 설명서가 나왔어.

아름이와 소희는 설명서부터 펼쳤지.

신 나는 보드구구 세계로 오신 것을 환영합니다!

보드구구는 곱셈구구에 따라 보드 말을 움직이는 게임입니다.
첫 번째 빨간 다트를 던져서 나온 숫자에 두 번째 노란 다트를 던져서 나온 숫자를 곱한 수만큼 말을 움직이면 됩니다.

예를 들어, 빨간 다트를 던져서 숫자 2가 나오고 노란 다트를 던져 3이 나왔다면 2씩 3번 뛰면 됩니다.
2 → 4 → 6, 총 6칸을 뛰어 움직입니다.

보드 판의 칸에는 각각 지시 사항이 적혀 있습니다.

자신의 말이 멈추는 칸에 적힌 지시대로 따르십시오.

그리하여 가장 먼저 결승점으로 자신의 말을 이동시키는 사람이 게임에서 이깁니다.

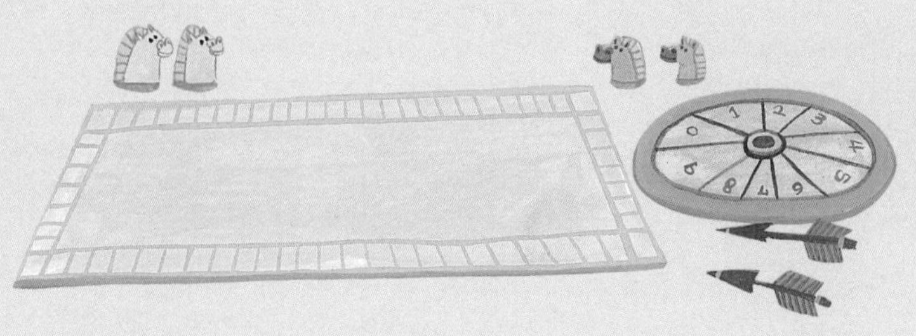

아름이랑 소희는 서로 얼굴을 마주보고 씩 웃었지.

"우리 얼른 해 보자!"

아름이가 먼저 돌림판을 빙글빙글 돌리고 빨간 다트를 톡!

정확히 숫자 3에 박혔지.

아름이는 다시 돌림판을 빙글빙글.

노란 다트를 톡!

이번에는 숫자 2에 박혔어.

"3씩 2번 뛰니까…… 6!"

아름이는 폴짝폴짝 말을 6번째 칸으로 옮겼어.

6번째 칸에는 〈카드 1〉이라고 적혀 있었지.

아름이는 카드 1을 꺼내 읽었어.

"원점으로 돌아가서 다시 노란 다트를 던지시오? 에이, 이게 뭐야!"

아름이는 툴툴대며 다시 노란 다트를 톡!

그랬더니 이게 웬일이야!

"야호, 5다! 그럼, 3, 6, 9, 12, 15!"

아름이는 신이 나서 폴짝폴짝 15칸 이동했어.

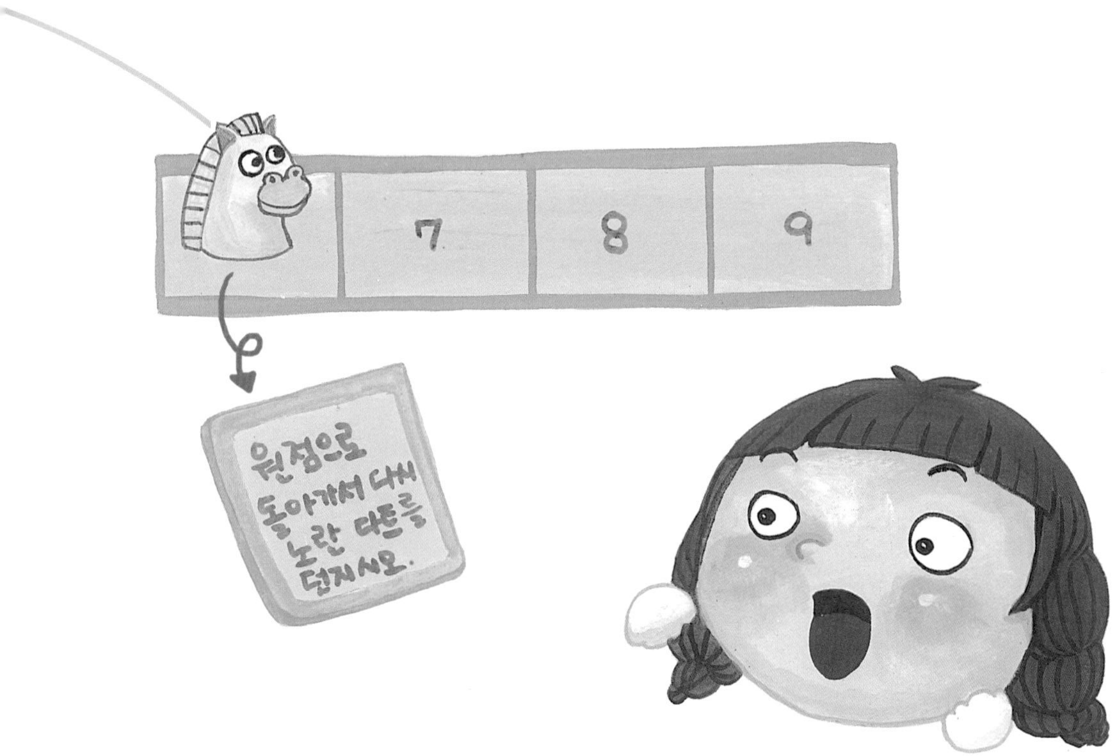
7
8
9
원점으로
돌아가서 다시
노란 다트를
던지시오.

10
11
13
14
16
+3(4)
+3(5)

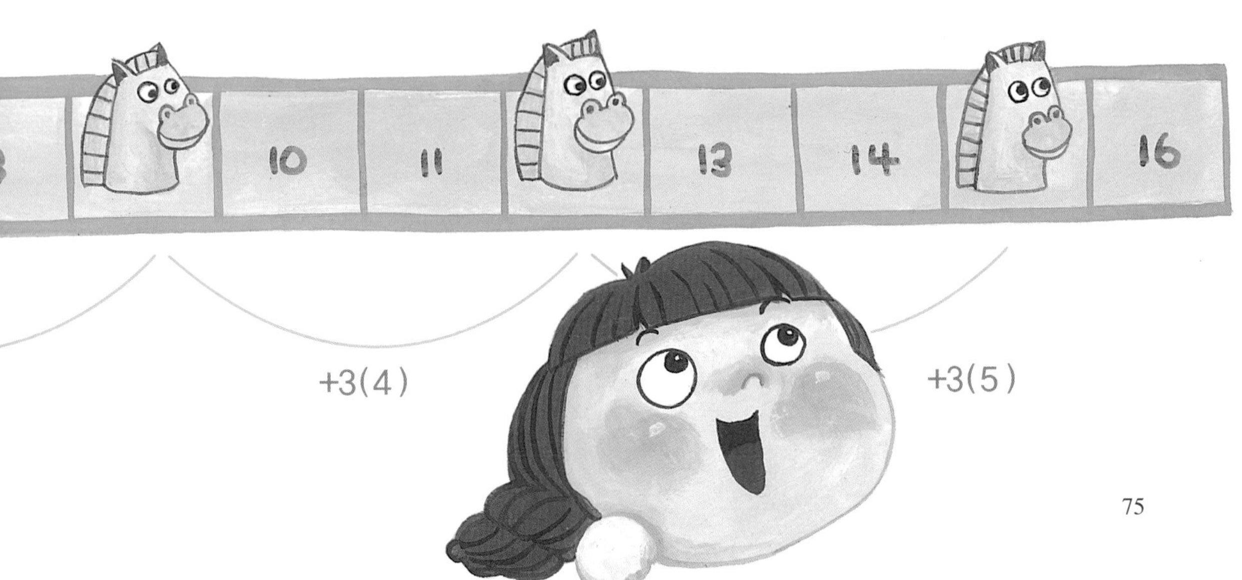

“에잇! 나도 질 수 없지.”

이번에는 소희가 빨간 다트를 던져서 숫자 5,

노란 다트를 던져서 숫자 4가 나왔지.

“난 5씩 4번이지롱. 5, 10, 15, 20!”

소희는 말을 20칸이나 움직였어.

+5(1) +5(2)

하지만 이를 어쩌면 좋아.

소희는 그만 귀신을 만나 버리고 말았어!

"엄마야, 난 몰라!"

20번째 칸에는 '귀신에게서 도망쳐 원점으로 돌아가기!' 가 적혀 있었거든.

소희는 할 수 없이 출발점으로 돌아가야 했단다.

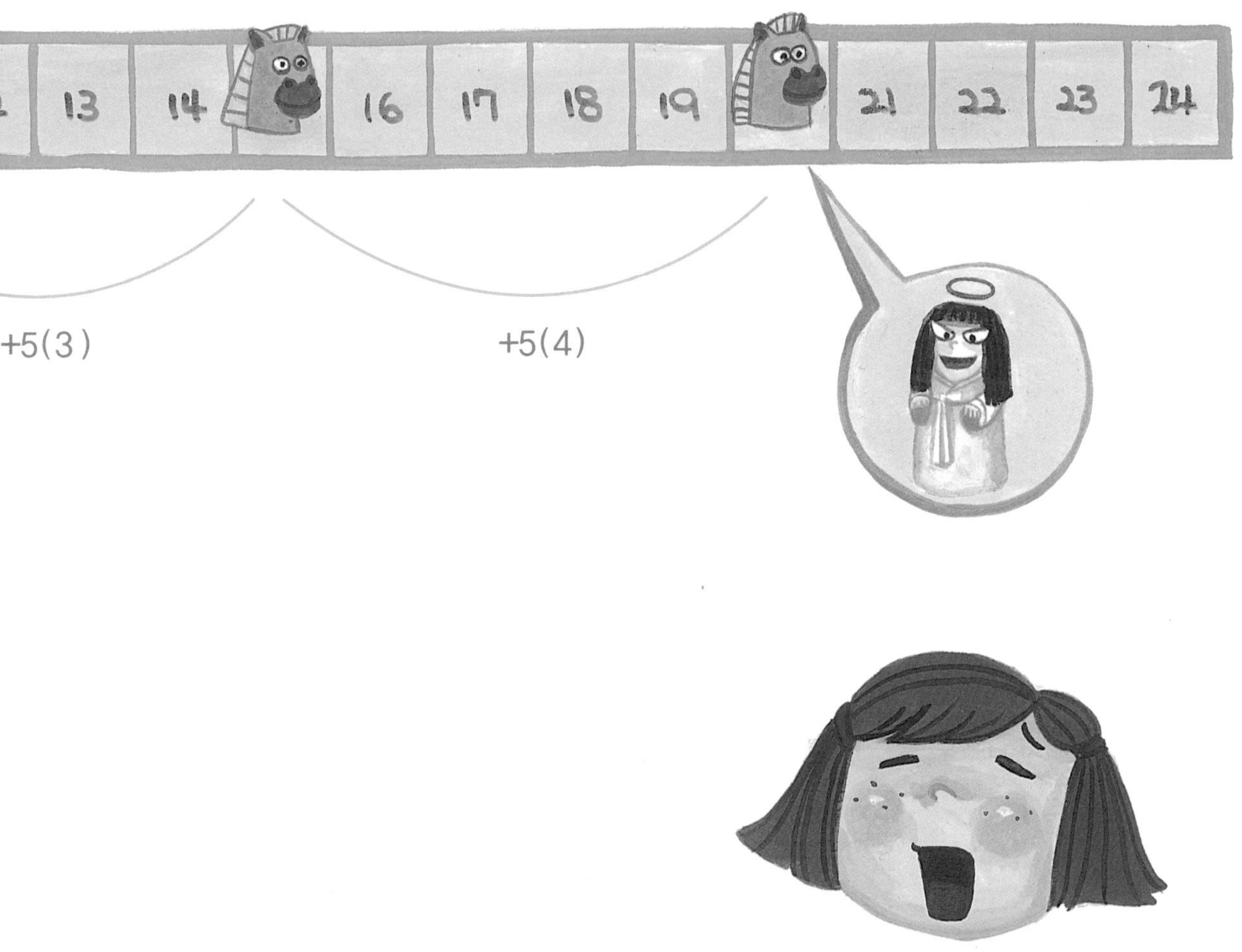

다시 아름이의 차례가 되었어.

아름이는 다트를 힘주어 던졌고, 숫자 2랑 5가 나왔어.

“2씩 5번 뛰면 되지?”

출발!

아름이가 의기양양하게 말을 옮기는데…….

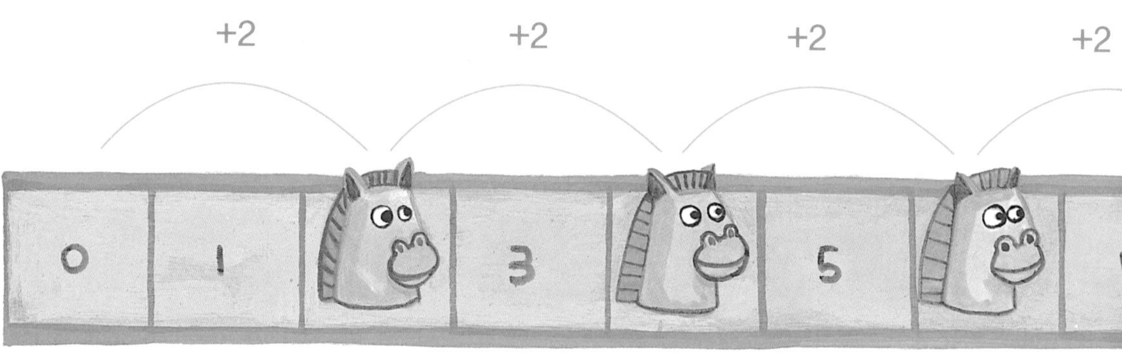

"악! 개똥이잖아!"

아름이가 개똥을 밟는 바람에 1번 쉬고, 소희가 2번 뛸 수 있게 됐지 뭐야.

소희는 기분 좋은지 헤실헤실 웃었지.

"기다려, 내가 금방 따라잡을 거야!"

하지만 소희는 이번에도 앞으로 나가지 못했어.

숫자가 0이 나와 버렸거든.

곱셈구구를 할 수 있어요!

[2단 곱셈구구]

×	1	2	3	4	5	6	7	8	9
2	2	4	6	8	10	12	14	16	18

+2 +2 +2 +2 +2 +2 +2 +2

곱이 2씩 커진답니다. 2×4는 2×3보다 2만큼 더 커요.

[3단 곱셈구구]

×	1	2	3	4	5	6	7	8	9
3	3	6	9	12	15	18	21	24	27

+3 +3 +3 +3 +3 +3 +3 +3

곱이 3씩 커진답니다. 3×7은 3×6보다 3만큼 더 크지요.

[4단 곱셈구구]

×	1	2	3	4	5	6	7	8	9
4	4	8	12	16	20	24	28	32	36

+4 +4 +4 +4 +4 +4 +4 +4

곱이 4씩 커진답니다. 4×5는 4×4보다 4만큼 더 큰 거예요.

[5단 곱셈구구]

×	1	2	3	4	5	6	7	8	9
5	5	10	15	20	25	30	35	40	45

+5 +5 +5 +5 +5 +5 +5 +5

곱이 5씩 커진답니다. 5×2는 5×1보다 5만큼 더 크고요.

[6단 곱셈구구]

×	1	2	3	4	5	6	7	8	9
6	6	12	18	24	30	36	42	48	54

+6 +6 +6 +6 +6 +6 +6 +6

곱이 6씩 커진답니다. 6×3은 6×2보다 6만큼 더 커요.

[7단 곱셈구구]

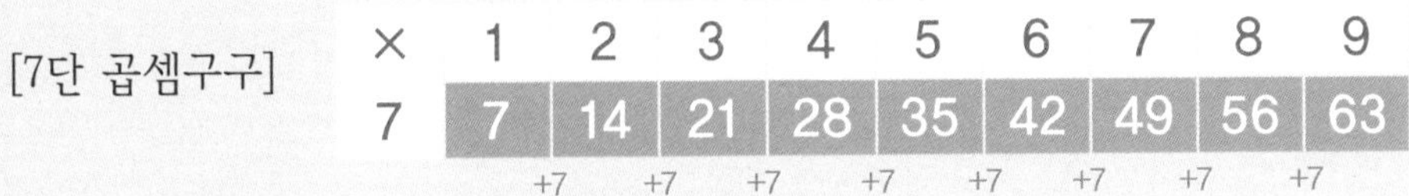

×	1	2	3	4	5	6	7	8	9
7	7	14	21	28	35	42	49	56	63

+7 +7 +7 +7 +7 +7 +7 +7

곱이 7씩 커진답니다. 7×6은 7×5보다 7만큼 더 크지요.

[8단 곱셈구구]

×	1	2	3	4	5	6	7	8	9
8	8	16	24	32	40	48	56	64	72

+8 +8 +8 +8 +8 +8 +8 +8

곱이 8씩 커진답니다. 8×9는 8×8보다 8만큼 더 큰 거예요.

[9단 곱셈구구]

×	1	2	3	4	5	6	7	8	9
9	9	18	27	36	45	54	63	72	81

+9 +9 +9 +9 +9 +9 +9 +9

곱이 9씩 커진답니다. 9×8은 9×7보다 9만큼 더 큽니다.

★ 여기서 잠깐 ★

※ 1단과 0단 곱셈구구도 있을까요?

그럼요!

1단 곱셈구구는 곱이 1씩 커져요.

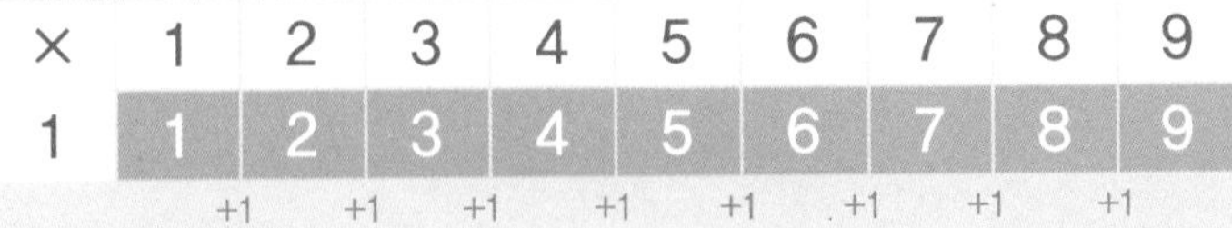

×	1	2	3	4	5	6	7	8	9
1	1	2	3	4	5	6	7	8	9

+1 +1 +1 +1 +1 +1 +1 +1

그래서 어떤 수랑 1을 곱하면 항상 자기 자신의 숫자가 되지요.

하지만 0단 곱셈구구는 달라요. 0단은 어떤 수를 곱해도 늘 0이 된답니다.

×	1	2	3	4	5	6	7	8	9
0	0	0	0	0	0	0	0	0	0

게임을 하면 할수록 아름이와 소희는 보드구구 속으로 더욱더 푹 빠져들었지.

아름이가 다트를 던져서,

“왓! 6이랑 3이다! 6 곱하기 3은……, 18!”

말을 움직이면 소희도 질세라 다트를 던졌지.

“난 4랑 6! 4 곱하기 6은 24. 내가 더 많이 나갔지?”

아름이가 앞으로 나서는가 싶으면, 소희가 박차고 나오고.

소희가 뒤로 물러나나 싶으면, 아름이가 원점으로 돌아가고.

아름이와 소희는 시간 가는 줄도 모르고 엎치락뒤치락 정신없이 보드구구 게임을 했단다.

시간이 얼마나 지났을까?

그사이에 아름이네 엄마가 장을 보고 돌아오셨어.

엄마는 아름이와 소희를 보고 물으셨지.

"얘들아, 무슨 게임을 그렇게 열심히 하니?"

아름이와 소희는 입 모아 외쳤어.

"보드구구요!"

곱셈구구를 외워 보자!

그림으로 구구단 외우기

얘들아, 세상에서 가장 어려운 게 구구단 외우는 것 말고 또 있을까? 정말 괴롭고 힘든 일이야. 하지만 너무 걱정 마. 쉬운 방법을 알려 줄게. 그림을 상상하면서 구구단을 외워 봐.

2단 곱셈구구

×	1	2	3	4	5	6	7	8	9
2	2	4	6	8	10	12	14	16	18

+2 +2 +2 +2 +2 +2 +2 +2

➔ 병아리 다리를 생각해 봐. 2씩 커지는 거야.

3단 곱셈구구

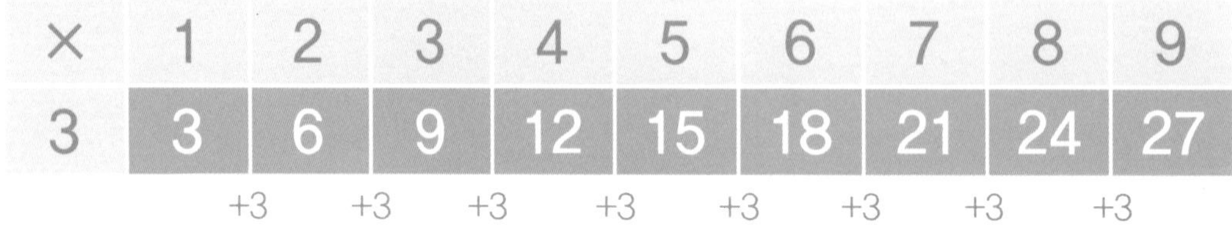

×	1	2	3	4	5	6	7	8	9
3	3	6	9	12	15	18	21	24	27

+3 +3 +3 +3 +3 +3 +3 +3

➔ 세발자전거 바퀴를 생각해 봐. 3씩 커지는 거야.

4단 곱셈구구

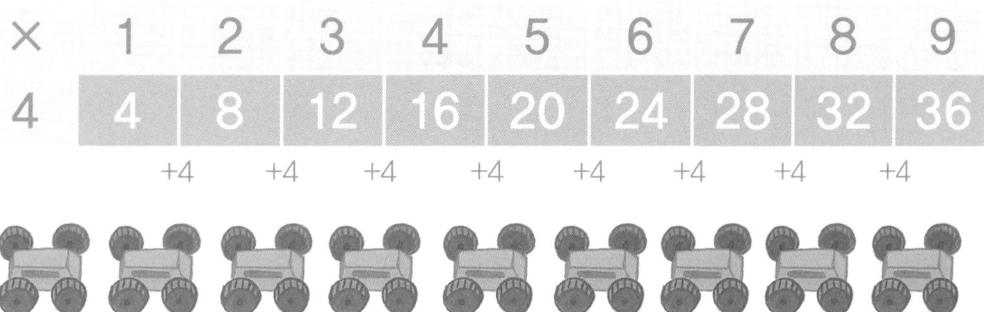

×	1	2	3	4	5	6	7	8	9
4	4	8	12	16	20	24	28	32	36

+4 +4 +4 +4 +4 +4 +4 +4

➔ 자동차 바퀴를 생각해 봐. 4씩 커지는 거야.

5단 곱셈구구

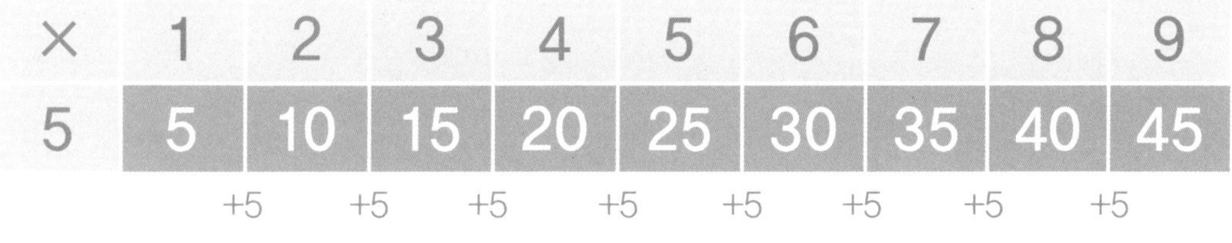

×	1	2	3	4	5	6	7	8	9
5	5	10	15	20	25	30	35	40	45

+5 +5 +5 +5 +5 +5 +5 +5

➔ 사람들 손의 손가락을 생각해 봐. 5씩 커지는 거야.

6단 곱셈구구

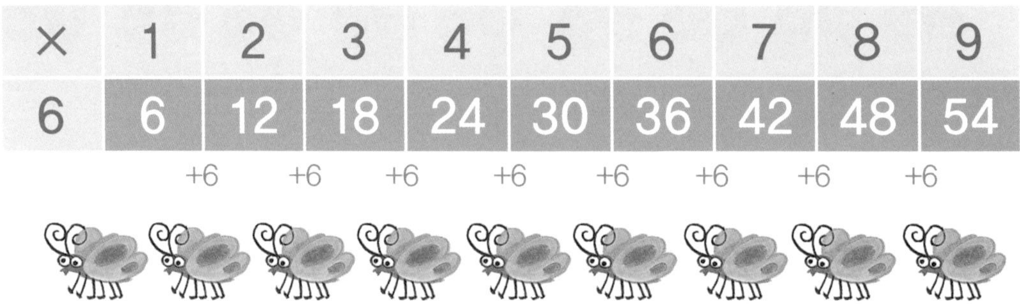

×	1	2	3	4	5	6	7	8	9
6	6	12	18	24	30	36	42	48	54

➔ 나비의 다리를 생각해 봐. 6씩 커지는 거야.

7단 곱셈구구

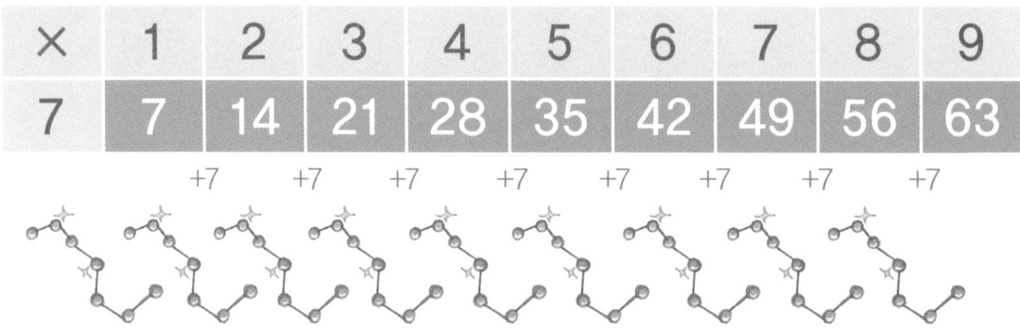

×	1	2	3	4	5	6	7	8	9
7	7	14	21	28	35	42	49	56	63

➔ 북두칠성을 이루는 별들을 생각해 봐. 7씩 커지는 거야.

8단 곱셈구구

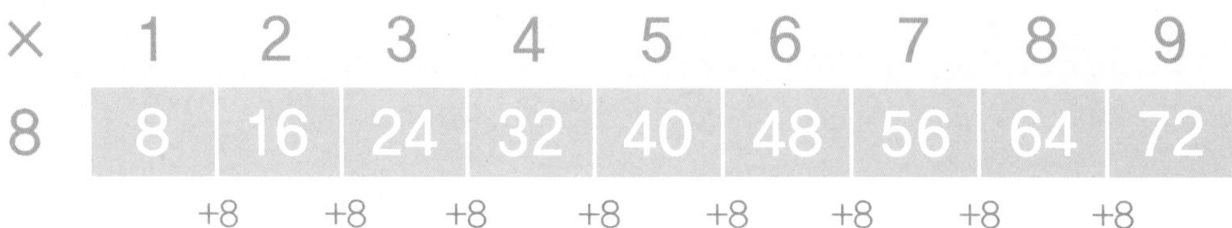

×	1	2	3	4	5	6	7	8	9
8	8	16	24	32	40	48	56	64	72

➔ 문어 다리를 생각해 봐. 8씩 커지는 거야.

9단 곱셈구구

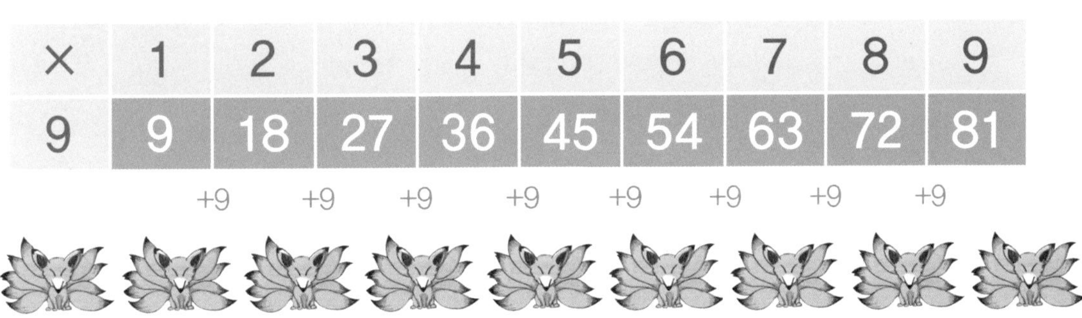

×	1	2	3	4	5	6	7	8	9
9	9	18	27	36	45	54	63	72	81

➔ 구미호 꼬리를 생각해 봐. 9씩 커지는 거야.

도전! 나도 백점

꼴깍꼴깍 뷔페 식당

아름이는 신이 나서 벙실벙실. 오늘은 아름이네 가족이 뷔페 식당에 갔어요. 아름이네 친척이 결혼을 했거든요. 뷔페에는 맛있는 음식들이 길게 줄지어 있었어요. 무엇부터 먹을까? 군침이 꼴깍꼴깍 넘어가요.

1. 조각 케이크가 모두 몇 개일까요? □ 안에 알맞은 수를 넣어 보세요.

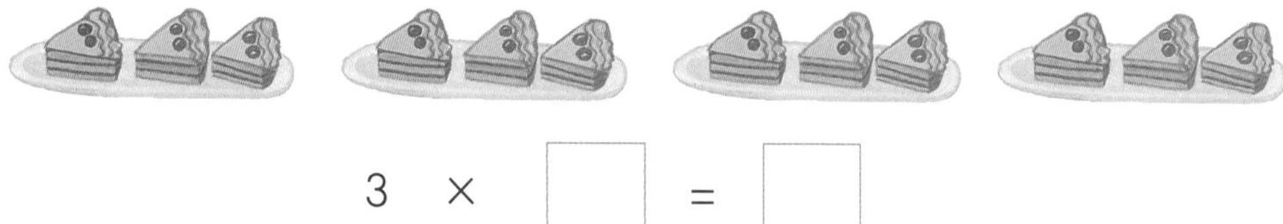

3 × □ = □

2. 접시 위에 과일이 모두 몇 개일까요? □ 안에 알맞은 수를 넣어 보세요.

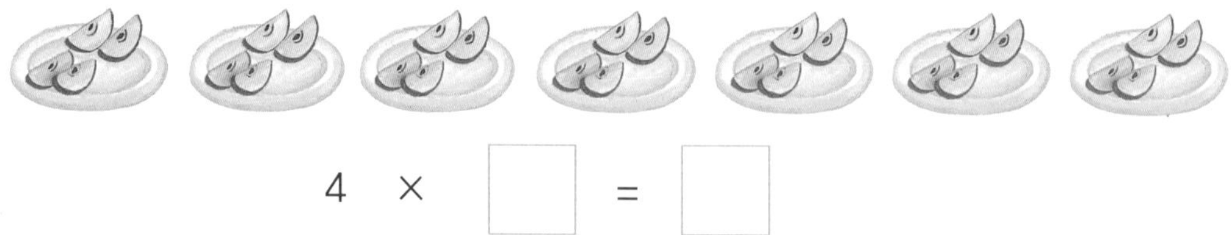

4 × □ = □

3. 비스킷 위에 건포도가 놓여 있어요. 건포도는 모두 몇 개일까요? 곱셈식으로 써 보세요.

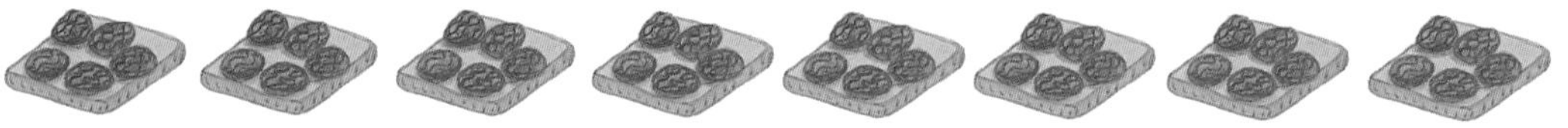

곱셈식 ______________________ (개)

4. 우와! 맛있겠다! 큰 접시 위에 먹음직스러운 갈비가 1개씩 놓여 있었어요. □ 안에 알맞은 수를 넣어 보세요.

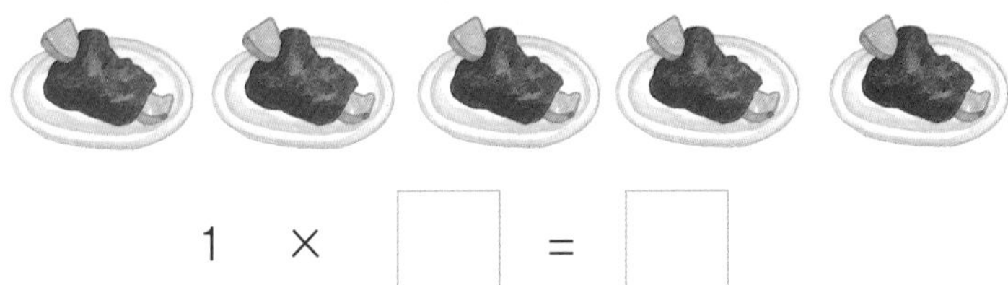

1 × □ = □

5. 앗! 잠시 후에 와 봤더니 갈비가 모두 없어졌어요! □ 안에 알맞은 수를 넣어 보세요.

0 × □ = □

6.

아름이 :

____

정 답

1. 4, 12 2. 7, 28 3. 5×8=40 4. 5, 5 5. 5, 0 6. 8×9=72, 모두 72개예요.

정리 정돈하면서 '도형' 배우기

공부할 내용

- 선분과 직선, 사각형이 무엇인지 알 수 있어요.
- 삼각형과 원이 무엇인지 알 수 있어요.
- 쌓기 나무로 여러 모양을 만들어 봐요.

이야기
마당

지도로 도형을 배워요!

지도를 그려 볼까?
네!

여기는 학교!
우리 집은 여기.
여기는 우리 집!
여긴 우리 집이에요!

학교
아름
누구네 집이 더 가까울까? 연결해 볼까?
소희
은수

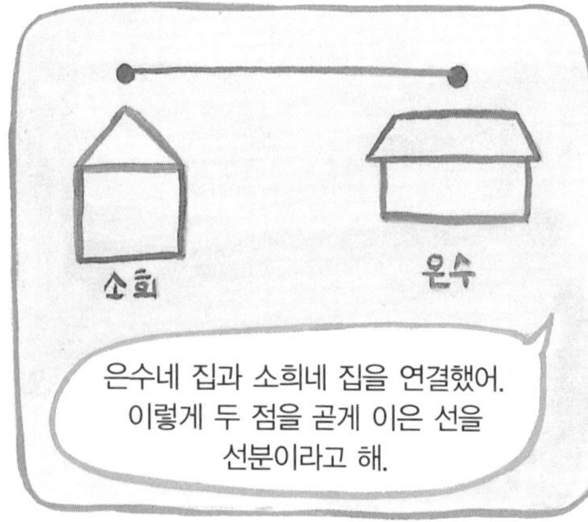
소희
은수
은수네 집과 소희네 집을 연결했어. 이렇게 두 점을 곧게 이은 선을 선분이라고 해.

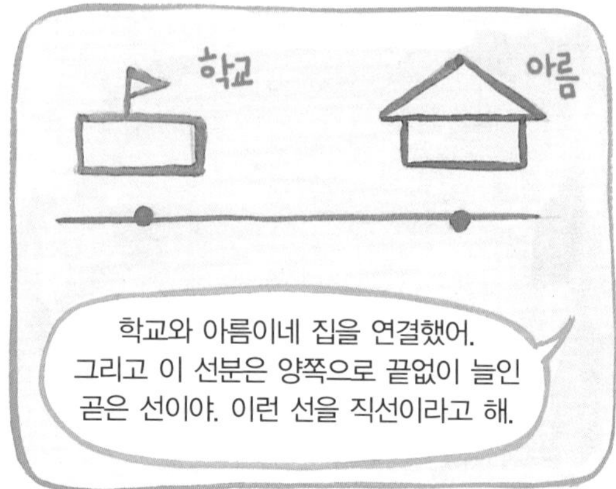
학교
아름
학교와 아름이네 집을 연결했어. 그리고 이 선분은 양쪽으로 끝없이 늘인 곧은 선이야. 이런 선을 직선이라고 해.

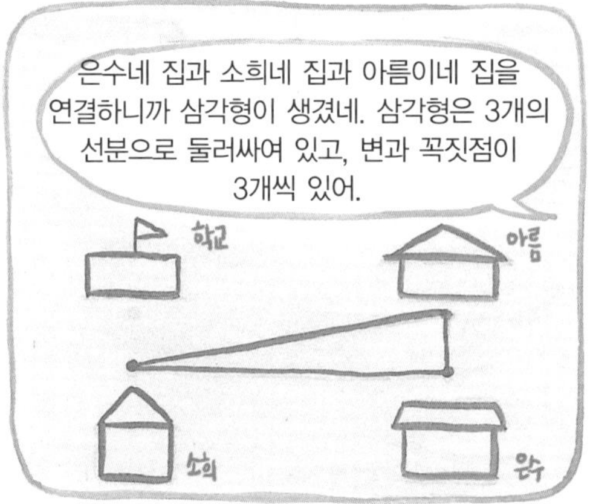

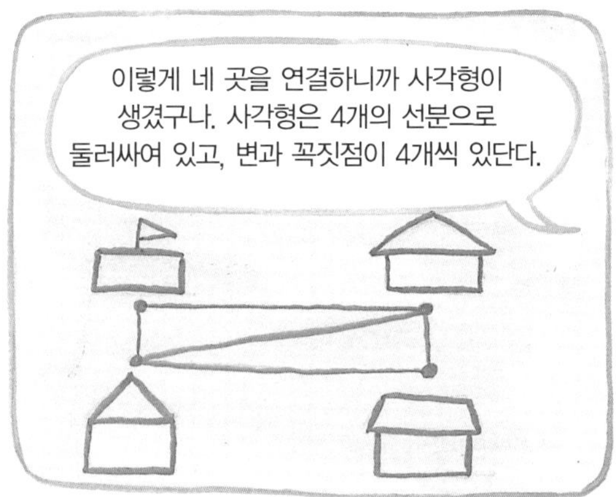

한줄읽기

직선, 선분은 다른 것이다. 삼각형은 변과 꼭짓점과 선분이 3개, 사각형은 4개씩 있다.

엄마가 사랑하는 정리 공주

"엄마, 아름이 왔어요!"

아름이는 늘푸른 문구점 문을 씩씩하게 열었어.

엄마가 미소 띤 얼굴로 아름이를 맞아 주셨지.

"어서 오렴. 벌써 물건이 다 들어왔어!"

엄마 말씀대로 정말 문구점 안에는 아직 포장을 풀지 않은 물건들이 쌓여 있었단다.

아름이는 눈이 동그래져서 물었어.

"우아, 이게 다 오늘 새로 들어온 물건이에요?"

"그럼! 자, 얼른 정리해 볼까?"

"네!"

오늘은 늘푸른 문구점에 새로운 물건이 잔뜩 들어오는 날이란다.
그래서 아름이는 학교가 끝나자마자 문구점으로 쌩!
혼자 문구점을 하시는 엄마를 도와드려야 하거든.

엄마는 수북한 물건 더미를 가리키며 말씀하셨어.

"아름아, 먼저 자를 좀 정리해 줄래?"

"네에!"

아름이는 팔을 걷어붙이며 기운차게 대답했단다.

길쭉한 자, 짤막한 자, 귀여운 그림이 그려진 자, 꽃무늬가 알록달록한 자, 젤리처럼 말랑말랑한 자.

요런조런 자가 정말 많았어.

그런데 이상하게도 모양은 전부 같았지.

아름이가 고개를 갸웃하며 물었어.

"엄마, 자는 원래 전부 이렇게 생겼어요?"

“응. 자는 대부분 선을 긋거나 길이를 잴 때 쓰거든.”

“선이요?”

아름이가 묻자 엄마가 빙그레 웃으셨지.

“그래. 볼까?”

엄마는 종이를 꺼내 두 점을 큼직하게 찍으셨어.

“요 두 점 사이를 곧게 이은 선을 선분이라고 해.”

선분과 직선을 알 수 있어요!

직선이란 양쪽으로 끝없이 이어지는 곧은 선을 말해요.

선분은 두 점(㉠과 ㉡)을 잇는 곧은 선이지만 직선은 두 점(㉠과 ㉡)을 지나 계속 이어지는 곧은 선이랍니다.
이제 선분과 직선의 차이를 알 수 있겠지요?

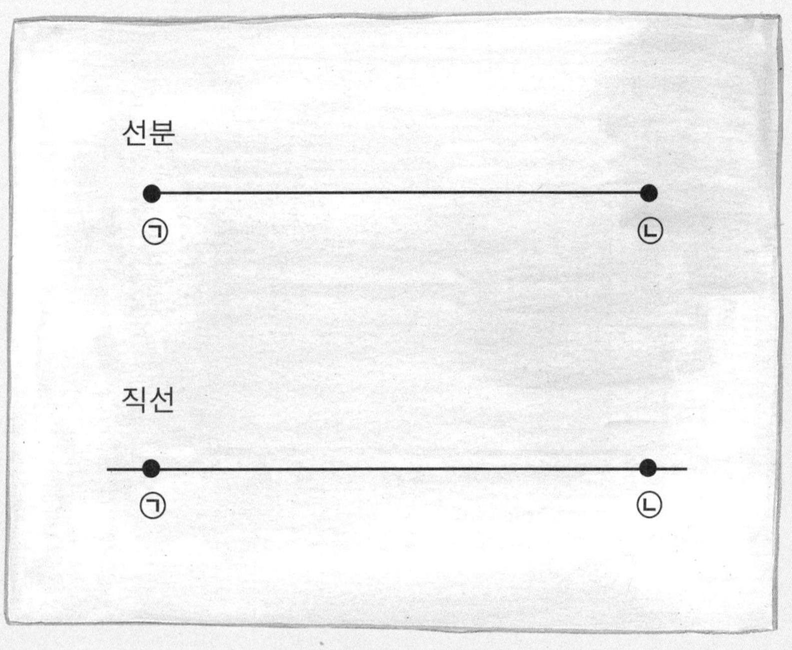

"아름이 너, 수업 시간에 도형 배웠니?"

엄마 말씀에 아름이는 고개를 갸우뚱갸우뚱.

"음……. 1학년 때 세모 모양이랑 네모 모양이랑 동그라미 모양을 배우기는 했지만 잘 몰라요."

"그럼 엄마가 가르쳐 줄까?"

엄마는 빙그레 웃으며 색종이를 1장 꺼내셨지.

그리고 종이 위에 놓고 색종이의 가장자리를 따라 선을 그으셨어.

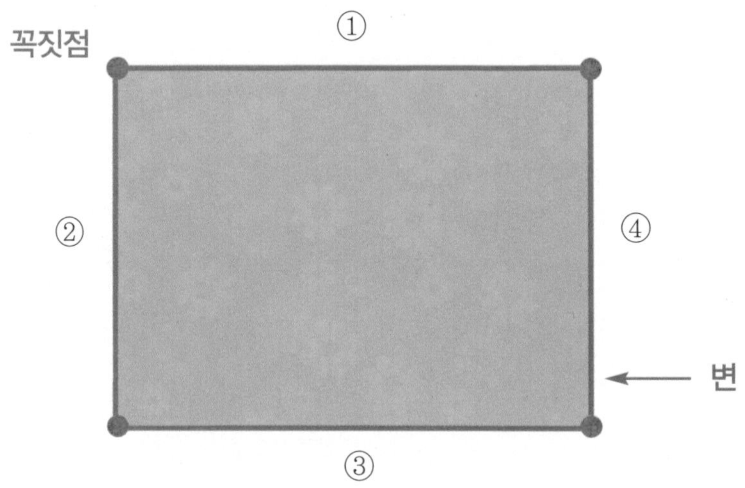

"짠! 이렇게 4개의 선분으로 둘러싸인 도형을 사각형이라고 해. 요 4개의 선은 변이고, 요 뾰족한 부분은 꼭짓점이란다."

사각형을 알 수 있어요!

사각형의 가장 큰 특징은 다음 세 가지로 요약할 수 있어요.

① 곧은 선으로 이루어져 있고요.
② 4개의 선분으로 둘러싸여 있어요.
③ 변과 꼭짓점이 4개씩 있답니다.

이 세 가지 조건에 모두 맞는 도형이 바로 사각형이에요.

얼핏 삐뚤빼뚤해 보이는 이 도형들도 모두 사각형이랍니다. 왜냐고요? 사각형의 조건을 모두 갖추고 있으니까요!

엄마는 차근차근 설명을 계속하셨어.

“이 사각형을 다른 도형으로 변신시킬 수도 있어.”

“어떻게요?”

“바로 이 가위만 있으면 되지!”

엄마는 가위로 종이를 쓱싹쓱싹.

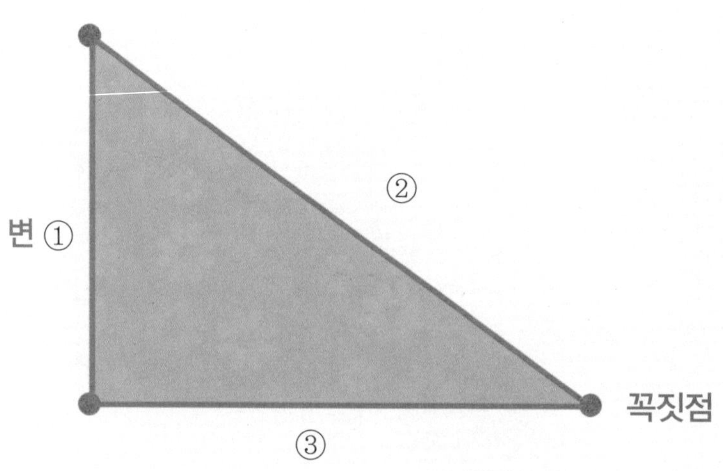

“짠! 선분이 4개에서 3개로 1개가 줄었지? 이렇게 3개의 선분으로 둘러싸인 도형이 삼각형이란다.”

삼각형을 알 수 있어요!

삼각형 역시 사각형처럼 가장 큰 특징을 다음 세 가지로 요약할 수 있답니다.

① 곧은 선으로 이루어져 있고요.
② 3개의 선분으로 둘러싸여 있어요.
③ 변과 꼭짓점이 3개씩 있답니다.

삼각형은 이 세 가지 조건에 모두 맞는 도형을 말해요.

삼각형이 이렇게 여러 가지 있는 이유도 바로 그 때문이랍니다. 서로 모양새가 달라 보여도 모두 삼각형의 조건을 갖춘 진짜 삼각형이거든요!

"사각형, 삼각형……. 이제 알았어요, 엄마. 그런데 동그라미는 뭐 없어요?"
"왜 없어. 있지!"
엄마는 호주머니에서 동전을 하나 꺼내시더니 종이 위에 놓고 본을 뜨셨지.

"이렇게 동그란 모양의 도형이 바로 원이야. 변도 없고, 꼭짓점도 없단다."

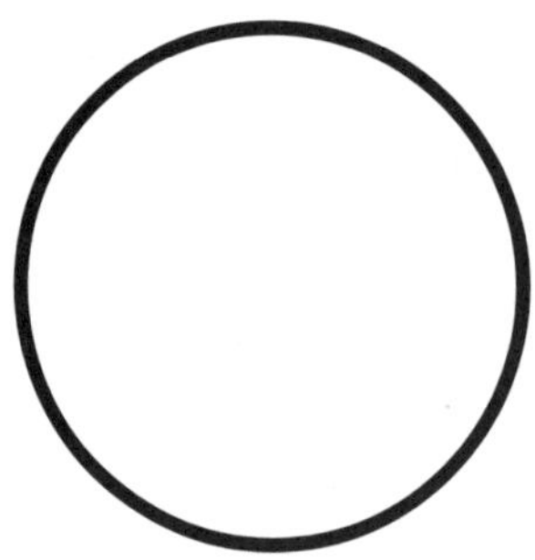

100

"자, 여기까지 하고 그만. 아름아, 우리 빨리 정리 안 하면 이따 저녁밥 못 먹어."

엄마 말씀에 아름이는 정신이 퍼뜩 들었어.

"아, 안 돼요! 엄마, 빨리빨리 할게요."

"그래, 저기 큰 상자 보이지? 저 상자에서 작은 상자들을 꺼내서 정리해 주렴."

"네!"

아름이는 엄마가 미리 열어 둔 상자 속에서 작은 상자들을 꺼냈어.

“엄마, 이 상자들을 어떻게 정리하라고요?”

“저쪽 선반 위에 진열되어 있는 것 보여? 그것처럼 쌓으면 돼.”

아름이는 엄마가 말씀하신 선반 위를 올려다보았어.
상자 몇 개가 차곡차곡 쌓여 있었지.

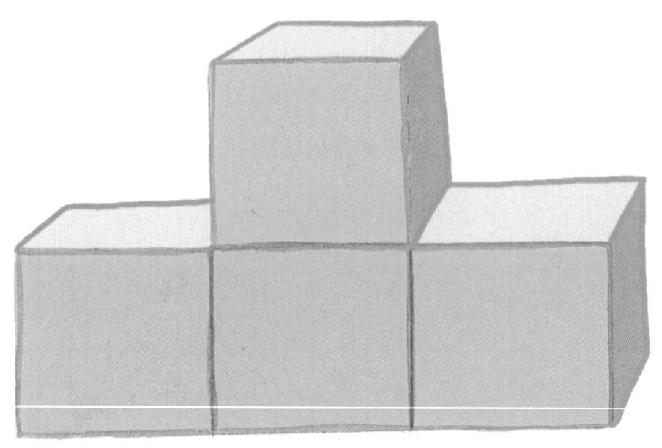

아름이는 고민에 빠졌어.
'저렇게 쌓으려면 어떻게 해야 하지? 'ㅗ' 모양이랑 비슷한데…….'

아름이는 먼저 상자를 두 개 올리고,

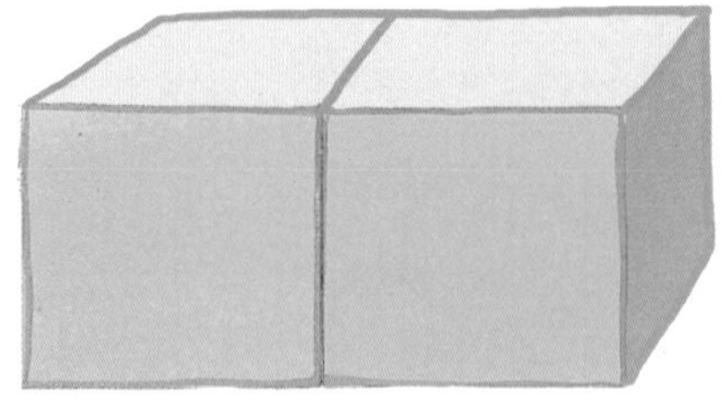

상자 하나를 더 올렸지.

그러니까 모양이 언뜻 비슷하지 않겠어?

그래도 어딘가 좀 다른 느낌이 들었지.

아름이는 고개를 갸우뚱갸우뚱.

상자를 하나 더 올려 보아도 좀처럼 같은 모양이 나오지 않았어.

“아이 참, 어떡해야 하지?”

그때 아름이의 머릿속에 좋은 생각이 반짝!

‘밑에서부터 차근차근 세 볼까?’

아름이는 먼저 밑에 놓인 상자를 셌지.

‘하나, 둘, 셋.’

아름이는 똑같이 상자를 3개 놓았어.

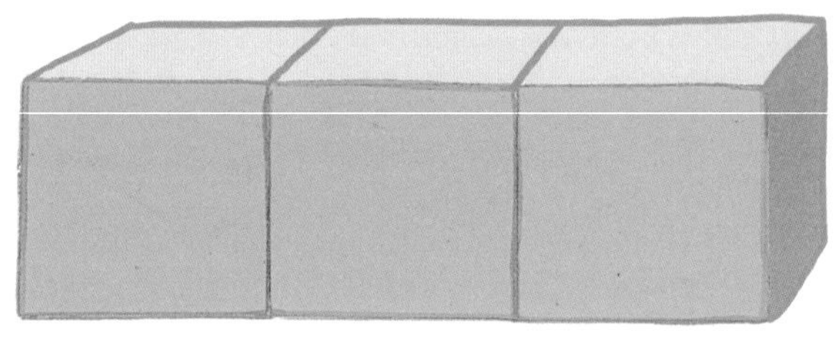

그리고 위에도 똑같이…….

‘가운데 상자 위에 상자 1개를 놓으면 되겠지?’

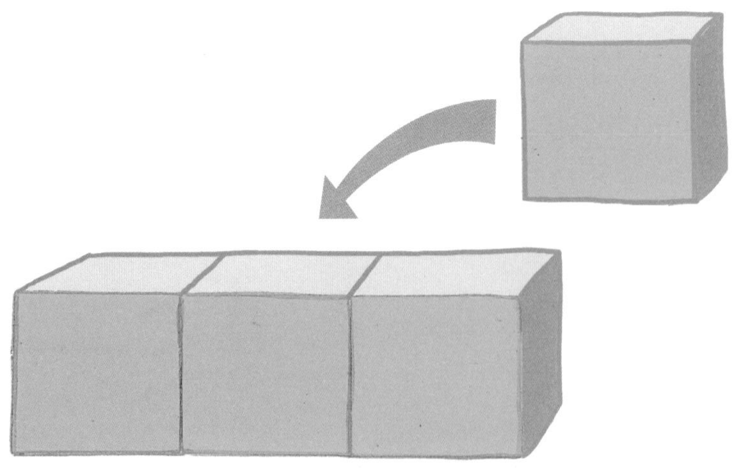

그랬더니 정말 똑같은 모양이 만들어졌지 뭐야!

"이야! 됐다, 됐어!"

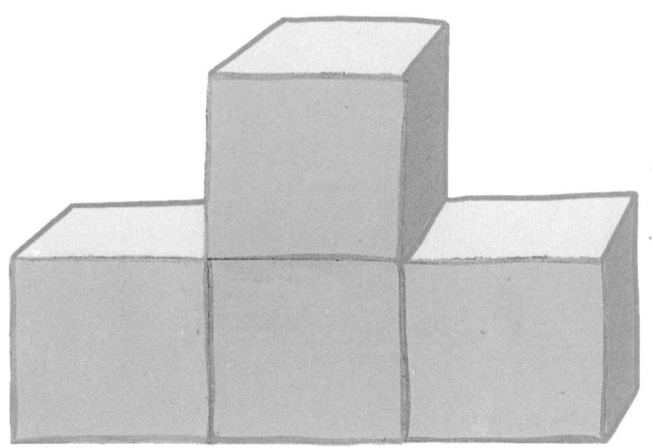

상자를 하나하나 차곡차곡 쌓으며 아름이의 이마 위에 땀방울이 송골송골.

'휴우, 힘들어.'

아름이는 엄마를 힐끔 보았어.

엄마는 무거운 상자들을 잔뜩 나르고 계셨지.

많이 힘들어 보였어.

'엄마는 맨날 이렇게 힘들게 일하고 계셨구나.'

아름이는 갑자기 콧날이 시큰시큰해졌어.

엄마한테 죄송하고, 또 고마웠지.

아름이는 마지막 상자를 올리며 굳게 마음먹었어.

'앞으로는 반찬 투정 안 할 거야. 용돈이 적다고 불평하지도 않고. 엄마 말씀 잘 듣는 착한 딸이 될 거야!'

쉽다, 쉬워! 도형 놀이

직선과 선분은 어떻게 다를까?

자를 대고 점 ㉠과 점 ㉡ 사이를 곧게 이어 봐.

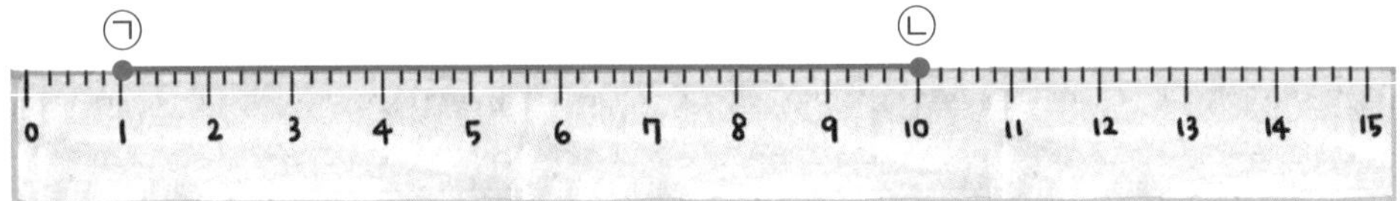

점 ㉠과 점 ㉡을 곧게 이은 선을 선분이라고 해.

이제 점 ㉠과 점 ㉡을 양쪽으로 길게 이어 봐.

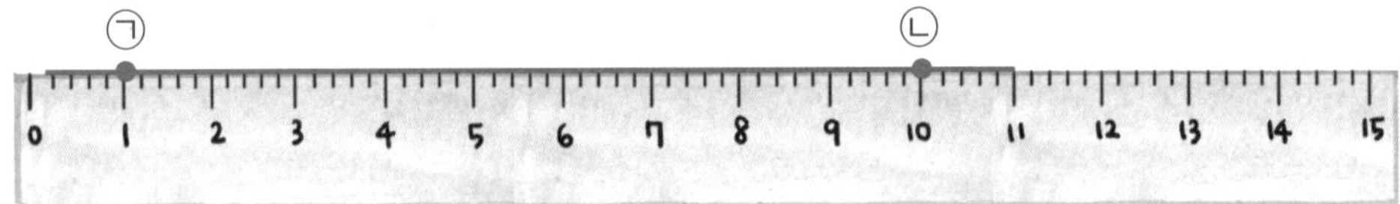

이것이 직선이야. 직선은 두 점(㉠과 ㉡) 사이를 지나 계속 이어지는 곧은 선이야. 이제 선분과 직선의 차이를 알 수 있겠지?

사각형과 삼각형은 어떻게 다를까?

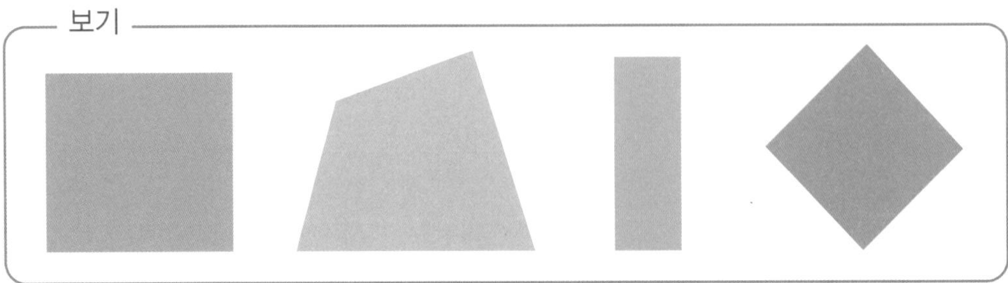

이것들은 모두 사각형이야.

사각형은 곧은 선으로 이루어져 있어.

4개의 선분으로 둘러싸여 있어.

변과 꼭짓점이 4개씩 있어.

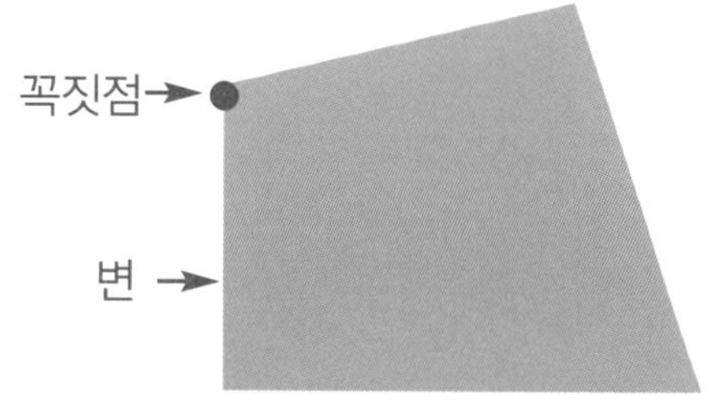

이것들은 모두 삼각형이야.

삼각형은 곧은 선으로 이루어져 있어.

3개의 선분으로 둘러싸여 있어.

변과 꼭짓점이 3개씩 있어.

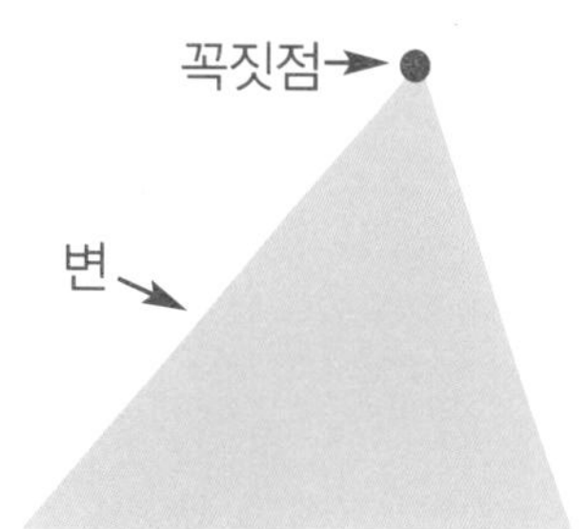

원은 어떤 모양일까?

원은 동그란 도형이야. 하지만 보기의 도형들은 원이 아니야.

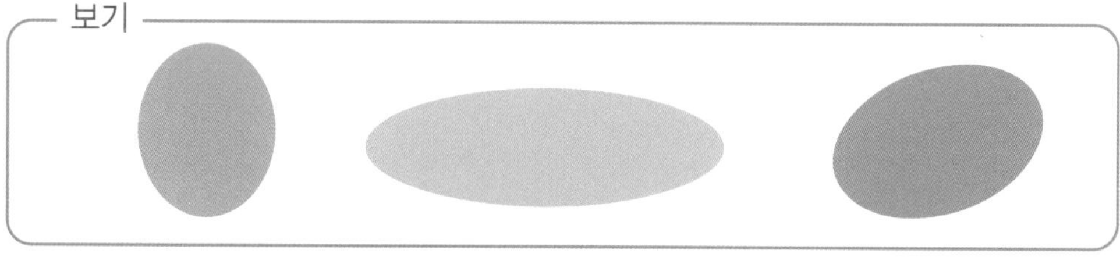

동그라미라고 다 원이 아니야.

원은 어느 쪽에서 보아도 모두 똑같은 모양이어야 해.

원은 변이 없어. 꼭짓점도 없어. 이게 바로 원이야.

도전! 나도 백점

뚝딱뚝딱 재미있는 간판 가게

오늘은 아름이네 문구점에 새로 간판을 만드는 날이에요. 아름이는 은수네 가게로 놀러 갔어요. 은수네는 간판 가게를 해요. 은수 아빠께서 아름이네 문구점의 간판을 만들어 주시지요. 얼마나 멋진 간판을 만들어 주실까요?

1. 은수 아빠께서 간판을 만들고 있어요. 자를 대고 점 ㉮와 점 ㉯를 곧게 이었어요. 이렇게 곧게 이은 선을 무엇이라고 할까요? (　　　　)

㉮ ㉯

2. 아름이는 점 ㉮와 점 ㉯의 양쪽을 지나가게 그렸어요. 이렇게 양쪽으로 끝없이 늘인 곧은 선을 무엇이라고 할까요? (　　　　)

㉮ ㉯

3. 은수가 간판을 가리키며 물었어요. □ 안에 들어갈 알맞은 말은 무엇일까요?

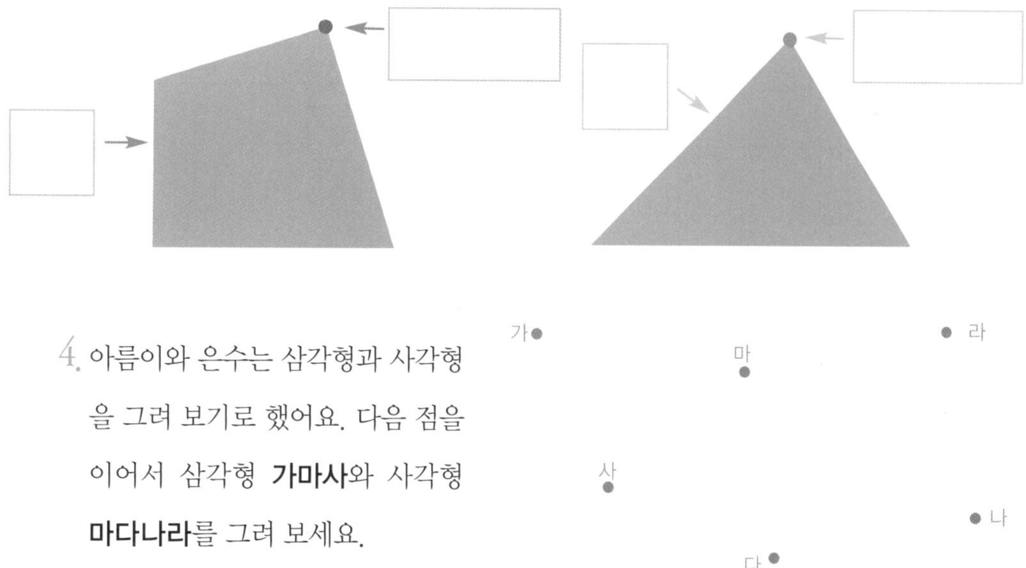

4. 아름이와 은수는 삼각형과 사각형을 그려 보기로 했어요. 다음 점을 이어서 삼각형 **가마사**와 사각형 **마다나라**를 그려 보세요.

5. 아름이와 은수는 간판을 만들고 남은 조각으로 여러 가지 모양을 만들었어요. 사각형, 삼각형, 원이 각각 몇 개씩 있을까요?

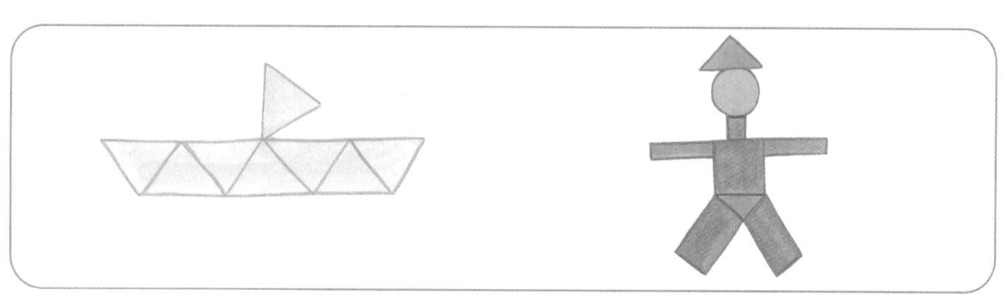

은수: 나는 사람을 만들었어. 나는 사각형이 □ 개, 삼각형이 □ 개, 원이 □ 개야.

아름이: 나는 배를 만들었어. 나는 사각형이 □ 개, 삼각형이 □ 개, 원이 □ 개야.

정답

1. 선분 2. 직선 3. 변, 꼭짓점, 변, 꼭짓점 4.
5. 6, 2, 1, 0, 8, 0

아하!
'길이 재기'가
이렇게 쉬웠던 거야?

공부할 내용

- 길이를 비교할 줄 알게 돼요.
- 우리 몸을 이용해서 길이를 잴 줄 알아요.
- 자를 사용해서 길이를 잴 수 있어요.
- 몇 cm인지 알아요.
- 길이를 어림잡을 줄 알아요.
- 두 개의 길이를 서로 더할 수 있어요.
- 두 개의 길이를 서로 뺄 수 있어요.

이야기
마당

누가 더 클까?

우리 강아지
이름은 뿌요야.
우리 강아지는 몽개야.

우리 뿌요가 더 커!
아니야,
우리 몽개가
더 커!

누가 더 큰지
재어 볼래?
좋아!

아! 강아지가
너무 발버둥쳐!
이렇게는 키를
못 재겠어.

한 뼘, 두 뼘, 세 뼘이야. 이렇게
어떤 길이를 잴 때 기준이 되는 길이를
단위길이라고 해.

한 줄 읽기

큰 눈금 한 칸의 길이를 1센티미터라고 하고, 1센티미터는 1cm라고 쓴다. 100센티미터는 1미터와 같다.

강아지 뿌요의 새 옷 만들기

"엄마, 딱 한 번만. 네? 아름이 소원이에요."

"그래도 안 돼!"

"아이, 엄마!"

아침부터 아름이는 엄마와 옥신각신.

아름이는 강아지 뿌요에게 새 옷을 선물하고 싶은데,

글쎄 엄마가 한사코 안 된다고 하시지 뭐야.

아름이가 아무리 부탁해도 엄마는 들은 척 만 척!

결국 아름이는 잔뜩 삐쳐서 입을 비죽거렸지.

“엄마, 정말 너무해요! 차라리 내가 뿌요의 옷을 만들어 입힐래요!”

그래도 엄마는 꿈쩍도 하지 않으셨어.

“넌 바느질도 못 하잖아. 그런데 뿌요의 옷을 만들겠다고? 어디 할 수 있으면 해 보렴.”

아름이는 씩씩대며 방 안으로 들어왔어.

'흥, 종이랑 풀만 있으면 얼마든지 옷을 만들 수 있다고!'

아름이는 소희와 종이 인형 옷을 만들 때를 떠올렸어.

그리고 예쁜 색 도화지랑 색종이, 반짝반짝 스티커, 풀이랑 가위를 꺼냈지.

'소희네 강아지보다 훨씬 예쁜 옷을 만들어 줘야지.'

그런데 막상 종이 옷을 만들려니까 도화지를 얼마만큼 자르고 붙여야 할지 알쏭달쏭했어.

'뿌요가 얼마나 컸더라?'

아름이는 나가서 뿌요를 데리고 다시 들어왔어.
"뿌요야, 가만 있어."
아름이는 뿌요 몸에 직접 도화지를 댔지.
그러나 뿌요가 이리저리 꿈지럭꿈지럭.
사방팔방 꼬리를 흔드느라 제대로 잴 수가 없었어.
"아이 참, 자꾸 그럼 네 옷을 못 만들잖아."
아름이가 야단을 쳐도 뿌요는 꼬리만 살랑살랑.

그때 아름이의 머릿속에 좋은 생각이 반짝.

"그래, 내 몸에 뿌요를 대 보자!"

아름이가 자기 팔을 뿌요의 몸통에 가져다 대자…….

"어라? 뿌요가 더 길잖아?"

뿌요는 아름이의 팔보다 좀 더 길었어.

아름이의 손목에서 팔꿈치까지보다는 길고, 아름이의 손목에서 어깨까지보다는 짧았거든.

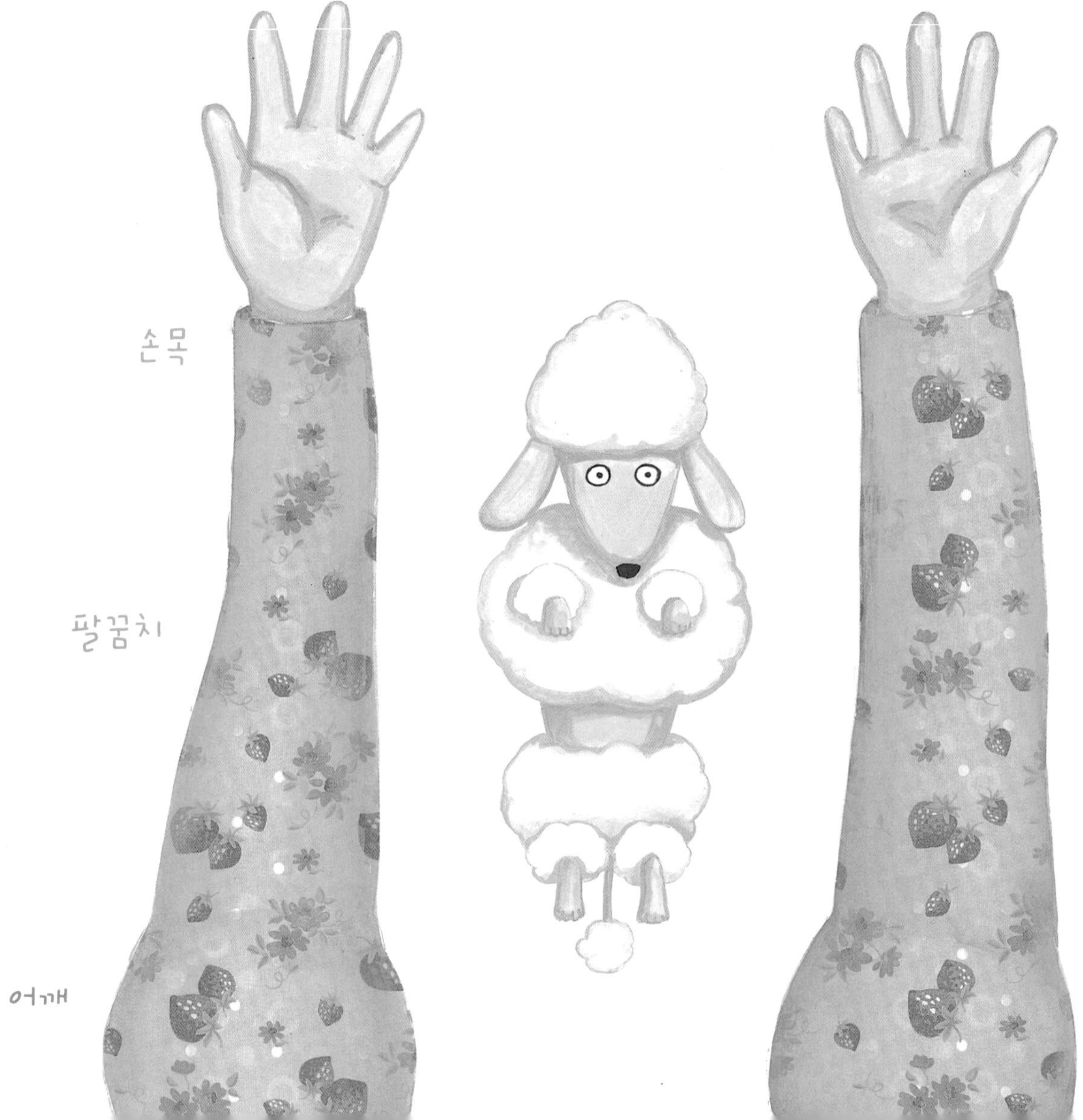

이번에는 손으로 재 보았어.
한 뼘, 두 뼘, 그리고 반.
"두 뼘 반이네!"
아름이는 냉큼 색 도화지에 표시하려고 했어.
한 뼘, 두 뼘…….
그런데 반 뼘을 더 표시하려니까 헷갈리지 뭐야.
"어디까지더라?"
아름이는 다시 고개를 갸우뚱갸우뚱.

우리 몸을 이용해 길이를 잴 수 있어요!

우리는 양 팔을 활짝 벌리거나 팔이나 다리 길이, 발걸음이나 손 뼘으로 길이를 잴 수 있어요. 이처럼 어떤 길이를 재는 데 기준이 되는 길이를 **'단위길이'** 라고 한답니다.

단위길이는 꼭 우리 몸이 아니라 다른 물건으로 쓸 수도 있어요. 예를 들면, 연필로 책상의 길이를 잴 수도 있지요.

할 수 없이 아름이는 엄마에게 도움을 부탁했어.

"엄마, 뿌요가 자꾸 움직여서 몸길이를 못 재겠어요!"

"그래? 잠깐만."

엄마는 기다란 막대기를 하나 꺼내셨어.

그건 바로 옷을 만들 때 쓰는 자였어.

길이를 알 수 있어요!

자에서 큰 눈금 하나의 길이가 바로 1센티미터예요.
1센티미터는 1cm라고 쓴답니다.
100센티미터는 1미터예요. 1m라고 쓰지요.

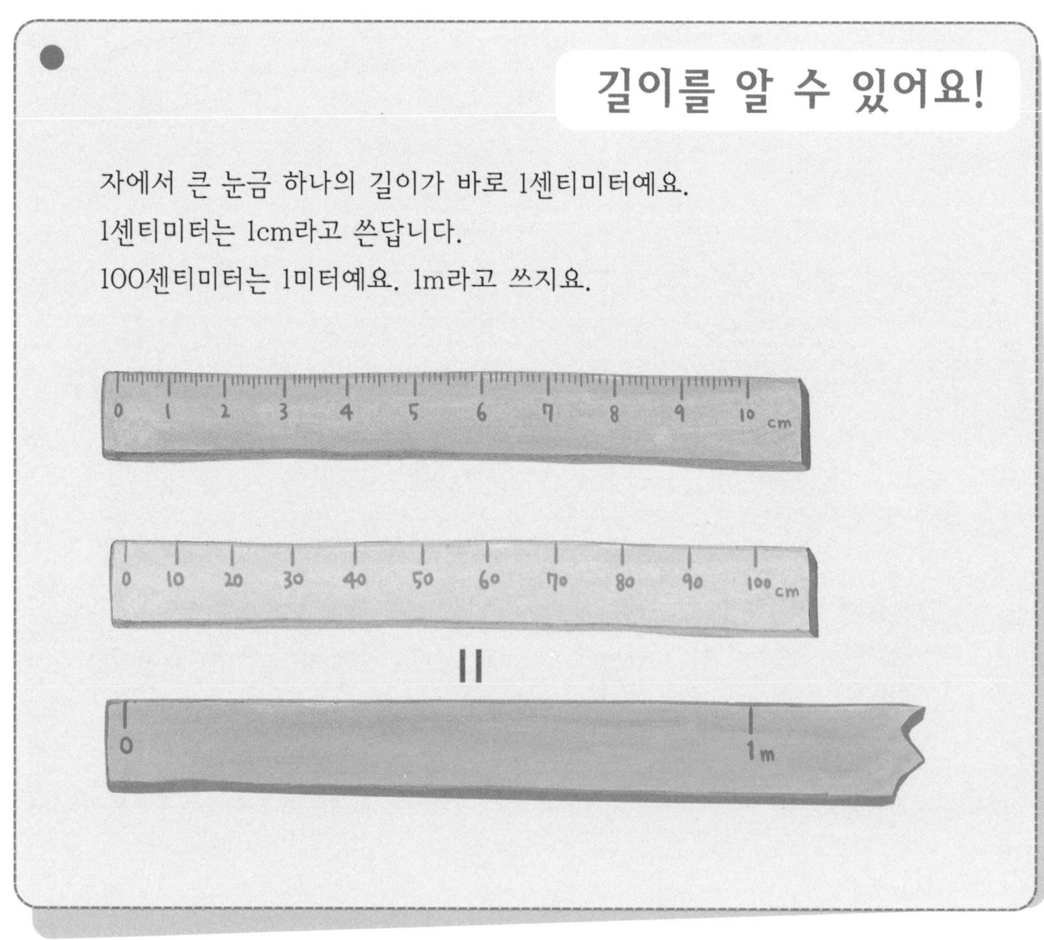

엄마는 자를 아름이에게 내밀며 말씀하셨어.
"아름아, 이거 보렴. 여기 눈금들이 많이 있지?"
"네."

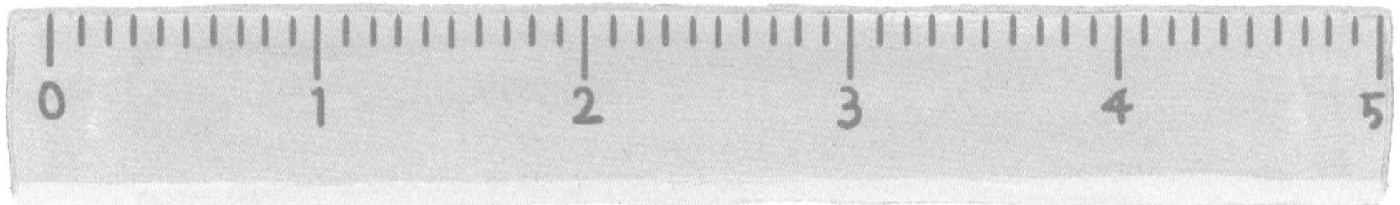

"이 큰 눈금 하나가 1센티미터란다. 0부터 1까지가 1센티미터, 0부터 2까지가 2센티미터야."
"아!"
아름이는 알았다는 듯 손뼉을 딱 쳤어.

100cm가 넘는 길이를 나타낼 때

100센티미터를 넘는 경우에는 다음과 같이 말해요.
110센티미터 = 1미터 10센티미터 = 1m 10cm = 110cm
200센티미터 = 2미터 = 2m = 200cm

“자를 쓰면 길이를 쉽게 잴 수 있지. 볼래?”

엄마는 자를 수첩에 가져다 댔어.

“자로 물건을 잴 때는 자랑 물건을 나란히 놓아야 해. 그리고 물건의 왼쪽 끝을 눈금 0에 정확히 맞추어야 한단다.”

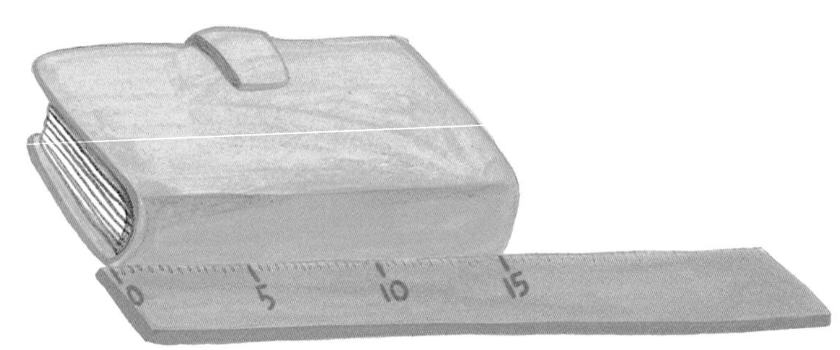

“자, 물건의 오른쪽 끝이 숫자 15에 닿아 있지? 그럼 이 수첩의 길이는 15센티미터인 거야.”

“아, 그렇구나!”

아름이는 좋아서 깡충깡충 뛰었어.

“고마워요, 엄마! 이제 뿌요의 몸길이를 정확히 잴 수 있겠어요!”

아름이는 냉큼 자를 들고 일어났지.

"잠깐만, 아름아!"

엄마는 아름이에게 돌돌 말린 줄을 하나 주셨어.

"줄자란다. 뿌요의 목둘레를 잴 때 줄자로 재면 편할 거야."

"우아, 진짜 고마워요. 엄마!"

아름이는 다시 뿌요의 몸길이를 재기 시작했어.
엄마한테 배운 대로 자를 이용해 재니까 쉽고 정확하게 잴 수 있었지.
"음, 목에서 엉덩이까지가 32센티미터고……."
아름이는 뿌요의 목둘레도 재고, 배 둘레도 쟀지.

아름이는 뿌요의 몸에 맞게 색 도화지를 쓱쓱 자르고, 알록달록 색종이를 오려 붙였어.

반짝반짝 스티커도 붙였지.

"야호, 다 만들었다!"

아름이는 얼른 뿌요에게 새 옷을 입혔어.

알록달록 반짝반짝 새 옷을 입은 뿌요는 소희네 강아지보다 훨씬 멋져 보였어.

뿌요도 좋은지 꼬리를 마구 흔들어 댔지.

"뿌요야, 우리 새 옷 입었으니 산책 가자!"

"멍멍!"

그런데 이게 웬일이야!

아름이와 뿌요가 산책을 나가자마자 갑자기 하늘이 흐려지면서,

우르릉 쾅쾅!

비가 주룩주룩 내리지 않겠어?

"어? 어? 뿌요야, 빨리 뛰어!"

아름이와 뿌요는 머리부터 발끝까지 홀딱 비에 젖은 채 집에 돌아왔지.
뿌요의 새 옷도 비에 젖어 조각조각 찢어졌어.
아름이는 너무 속이 상했어.
"내가 어떻게 만든 뿌요의 옷인데……."
찔끔찔끔 눈물도 나왔지.

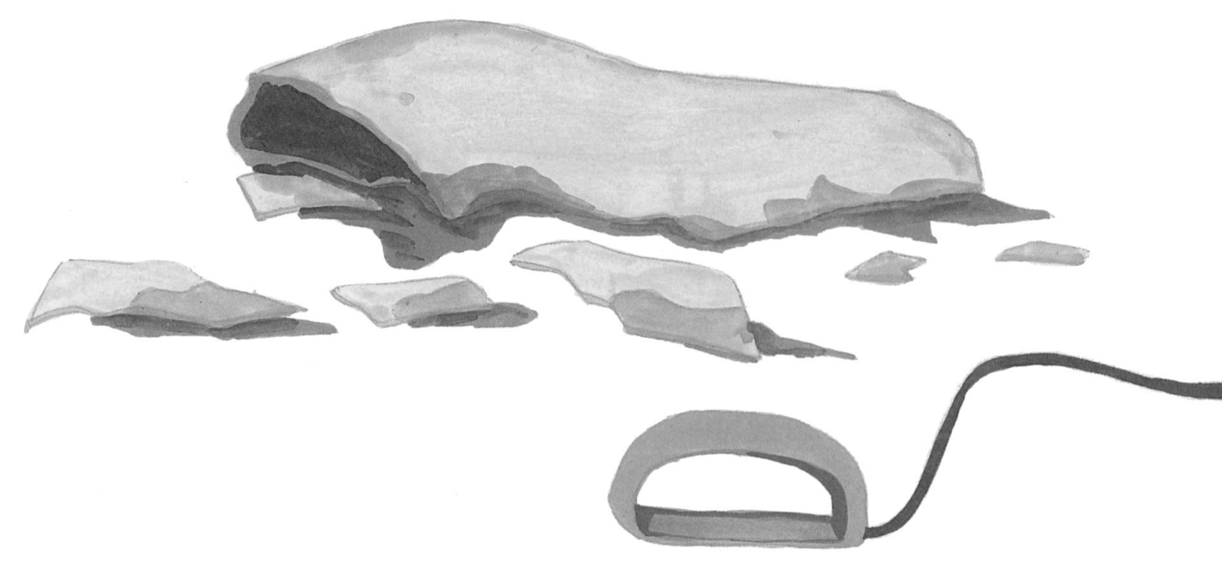

그런 아름이의 마음을 알았을까?

뿌요가 아름이의 뺨을 할짝할짝 핥아 주었지.

아름이는 그만 뿌요를 와락 안고 말았어.

"뿌요야, 미안해……. 다음에는 더 예쁜 옷을 만들어 줄게."

길이를 재어 보자

단위길이란 무엇일까?

길이를 재는 방법은 여러 가지가 있어. 양팔을 활짝 벌려 잴 수도 있고, 손가락을 쫙 벌려 한 뼘, 두 뼘 잴 수도 있어. 또 연필로 책상의 길이를 잴 수도 있지.

어떤 길이를 잴 때 기준이 되는 길이를 **'단위길이'** 라고 해.

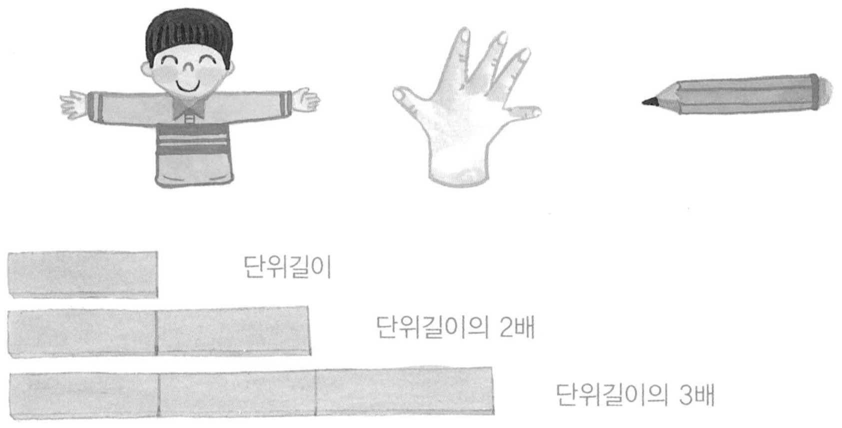

1cm와 1m는 어떻게 다를까?

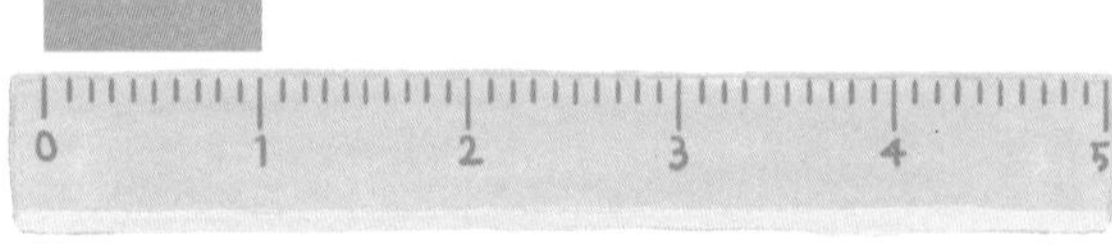

길이를 잴 때 자로 재면 정확해. 자에는 작은 눈금과 큰 눈금이 있어.

큰 눈금 한 칸의 길이를 1센티미터라고 해. 1센티미터는 1cm라고 써.

100센티미터는 1미터와 같아. 1미터는 1m라고 쓰지.

100cm = 1m

그래서 100센티미터를 넘는 경우에는 다음과 같이 써.

150센티미터 = 1미터 50센티미터 = 1m 50cm = 150cm

200센티미터 = 2미터 = 2m = 200cm

길이도 더하고, 뺄 수 있을까?

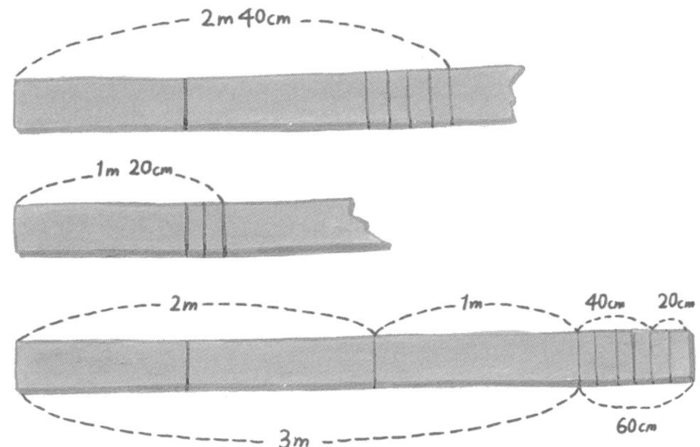

두 개의 길이를 더할 수도 있고, 뺄 수도 있어.

두 개의 길이를 더하는 것은 두 길이의 합을 구한다는 뜻이야.

2m 40cm + 1m 20cm = ☐ m ☐ cm

미터(m)는 미터(m)끼리 더하고, 센티미터(cm)는 센티미터(cm)끼리 더하면 돼.

2m 40cm + 1m 20cm = 3m 60cm

	m	cm
	2m	40cm
+	1m	20cm

➡

	m	cm
	2m	40cm
+	1m	20cm
		60cm

➡

	m	cm
	2m	40cm
+	1m	20cm
	3m	60cm

문제 마당

도전! 나도 백점

놀이터에서 길이 재기

아름이는 놀이터에 갔어요. 친구들이 신 나게 놀고 있었어요. 아름이는 친구들과 길이 재기 놀이를 하자고 했어요.

1. 아름이는 친구들과 몸을 이용해 길이를 재어 보았어요. 서로 맞는 것끼리 연결해 보세요.

①　　㉮ 양팔

②　　㉯ 뼘

③　　㉰ 걸음

2. 아름이는 나뭇가지를 주웠어요. 나뭇가지를 단위길이로 정했어요. 단위길이의 다음 배만큼 색칠해 보세요.

단위길이

3배만큼 색칠하기

5배만큼 색칠하기

3. 아름이와 미나가 지우개를 자로 재기로 했어요. 누가 바르게 잰 것일까요?

아름이: 이렇게 재는 게 맞는 거야!

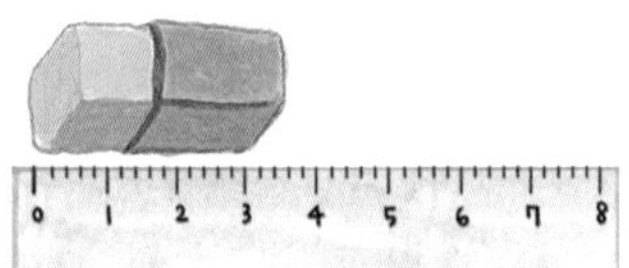

미나: 내가 맞아!

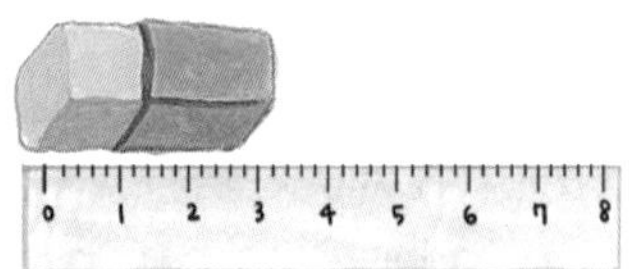

4. 아름이와 친구들이 놀이터에서 물건들을 주워 길이를 재어 보았어요. 물건들은 몇 cm일까요?

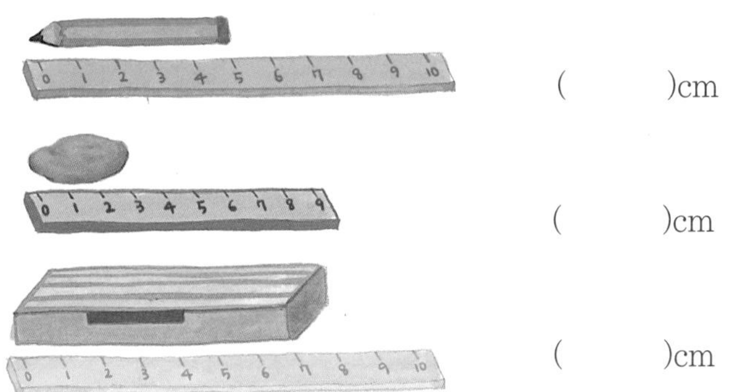

(　　　)cm

(　　　)cm

(　　　)cm

5. □ 안에 알맞은 수를 써넣고, 가장 짧은 것부터 차례로 번호를 쓰세요.

① 2m 20cm = □ cm

② 4m 10cm = □ cm

③ 1m 30cm = □ cm

정 답

1. ①-㉯, ②-㉮, ③-㉰ 2.

3. 아름이 4. 5, 3, 7 5. 220, 410, 130, ③, ①, ②

'시계' 한 번 보고 '달력' 한 번 보고

공부할 내용

- 시각이 무엇인지 알아요.
- 시간이 시각과 어떻게 다른지 알아요.
- 하루가 몇 시부터 몇 시까지인지 알 수 있어요.
- 달력을 보고, 오늘이 몇 월 며칠인지 알 수 있어요.

이야기
마당

소풍 가는 날

늘
푸른
아름아, 무슨 기분 좋은 일 있니?
룰루 랄라~

엄마, 다음 주 월요일에 소풍을 간대요! 야호!

먹을 것 이만큼 준비해 주세요! 김밥, 치킨, 과일, 과자, 초콜릿….
알았다, 알았어. 소풍을 가는 거니, 먹으러 가는 거니?

몇 시에 모이기로 했니?
8시 30분까지 오래요. 선생님과 약속했어요.

아름아, 시계를 볼 줄 알아야 약속 시간에 안 늦지.
그렇구나! 맞아!

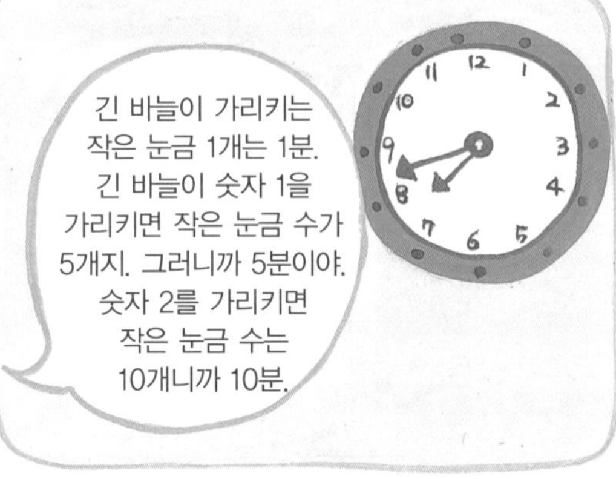
긴 바늘이 가리키는 작은 눈금 1개는 1분. 긴 바늘이 숫자 1을 가리키면 작은 눈금 수가 5개지. 그러니까 5분이야. 숫자 2를 가리키면 작은 눈금 수는 10개니까 10분.

긴 바늘이 가리키는 작은 눈금 1개는 1분. 긴 바늘이 숫자 1을 가리키면 5분.

나의 완소 다이어리

"아이고, 늦었다. 늦었어!"
아름이는 책가방을 챙기랴, 양치를 하랴 아침부터 정신이 하나도 없었어.
엄마가 고개를 갸웃하며 물으셨지.
"아름아, 오늘 무슨 날이야? 왜 이렇게 일찍 서둘러?"
"아이 참, 엄마! 벌써 8시 30분이 지났잖아요!"

시각과 시간을 알 수 있어요!

시계에서 긴 바늘이 가리키는 작은 눈금 1개가 **1분**이에요. 긴 바늘이 숫자 1을 가리키면 작은 눈금 수가 5개니까 5분이지요. 숫자 2를 가리키면 작은 눈금 수는 10개이므로 10분이랍니다.

숫자	1	2	3	4	5	6	7	8	9	10	11	12
분	5	10	15	20	25	30	35	40	45	50	55	60

하지만 엄마는 여전히 고개를 갸웃갸웃하셨지.

“아름아, 아직 7시 35분밖에 안 됐어.”

“네?”

그제야 아름이는 다시 시계를 보았어.

“아, 맞다! 또 시계를 잘못 봤네!”

시계를 정확하게 읽어 봐요!

짧은 바늘이 7과 8 사이를 가리키고 있고, 긴 바늘이 숫자 7을 가리키고 있으면 7시 35분이에요. 이렇게 시계의 긴 바늘과 짧은 바늘이 가리키는 숫자가 바로 **‘시각’**이지요.

어떤 시각에서 어떤 시각까지의 사이를 **‘시간’**이라고 해요. 시계의 긴 바늘이 한 바퀴 도는 데 걸리는 시간은 60분이고, 60분은 1시간이에요. 그래서 110분이면, 60분(1시간) + 50분 = 110분이므로 1시간 50분이라고 하지요. 80분이면, 60분(1시간) + 20분 = 80분이니까 1시간 20분이랍니다.

시각을 말하는 또 다른 방법이 있어요.

시계가 나타내는 시각이 **9시 55분**일 경우, **10시 5분 전**이라고도 해요. 만약 **8시 50분**이라고 하면 **9시 10분 전**이라고도 말할 수 있지요.

아름이의 실수는 여기서 멈추지 않았어.

"엄마, 엄마! 나 크레파스!"

"응? 크레파스?"

"수요일 미술 시간에 필요하다고 말씀드렸잖아요."

그러자 엄마는 어이없다는 듯 말씀하셨지.

"아름아, 오늘은 화요일인데?"

"어? 진짜요?"

아름이는 부끄러운지 뒷머리를 긁적였지.

“헤헤, 제가 또 착각했나 봐요. 그럼 엄마, 학교 다녀오겠습니다.”

엄마는 쌩 달려 나가는 아름이를 보며 한숨을 폭 쉬었어.

“아름이가 자꾸 날짜를 헷갈려서 큰일이네. 시계 보는 것도 그렇고……. 어떡한담.”

엄마는 문구점에서도 아름이 걱정이 머릿속에서 떠나지 않았지.

'아름이를 어쩐다.'

그러다 우연히 다이어리에 눈이 닿았어.

"맞다, 그러면 되겠구나!"

엄마는 얼른 풀과 가위, 색종이와 스티커, 색연필 따위를 꺼냈어.

그리고 쓱싹쓱싹 솜씨 좋게 자르고 오리고 붙여서…….

짠!

엄마표 다이어리를 완성했지.

엄마는 빙그레 웃으며 혼잣말을 하셨단다.

"이것만 있으면 아름이 습관을 확실히 고칠 수 있겠지?"

아름이는 그날 오후 4시쯤 집으로 돌아왔어.
엄마는 아름이를 불러 다이어리를 선물해 주셨어.
"자, 엄마가 아름이에게 주는 선물!"
"우아!"
다이어리를 받아든 아름이의 눈이 휘둥그레졌지.
"엄마, 고맙습니다. 잘 쓸게요!"
엄마는 아름이에게 반짝반짝 예쁜 스티커도 한 아름 주셨어.
"이걸로 다이어리를 예쁘게 꾸미렴."
"네!"

아름이는 다이어리를 안고 자기 방으로 쪼르르.
그리고 두근두근 설레는 마음으로 다이어리를 조심스레 열었지.

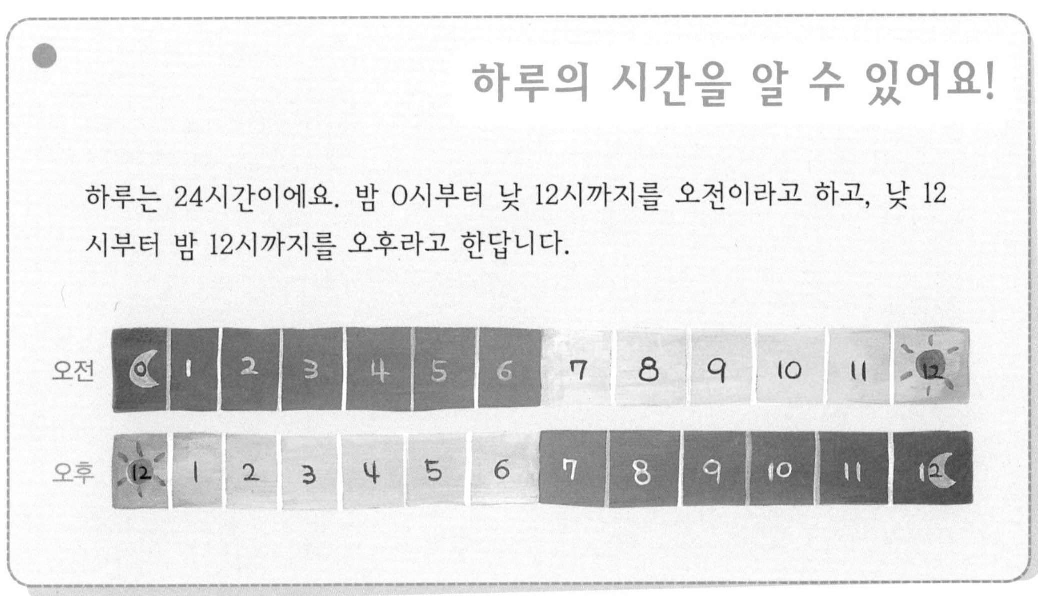

하루의 시간을 알 수 있어요!

하루는 24시간이에요. 밤 0시부터 낮 12시까지를 오전이라고 하고, 낮 12시부터 밤 12시까지를 오후라고 한답니다.

"와아, 진짜 예쁘다."

다이어리 안은 엄마가 정성들여 꾸민 덕분에 알록달록 아기자기 귀여웠지.

아름이는 표지에 또박또박 적었어.

아름이의 다이어리

쓰고 나니 뭔가 허전했지.

아름이는 잠시 고민하다가 덧붙여 썼어.

아름이는 그제야 만족한 듯 방긋 웃으며 다시 페이지를 펼쳤어.

그러자 월간 계획표가 나왔지.

월간 계획표

일	월	화	수	목	금	토
		1	2	3	4	5
6	7	8	9	10	11	12
13	14	15	16	17	18	19
20	21	22	23	24	25	26
27	28	29				

아름이는 잠시 곰곰이 생각하다가 하나하나 적었어.

'소희랑 금요일에 놀기로 했지? 다음 주 목요일은 은수 생일이라고 했는데…….'

색연필로 그림도 그리고, 예쁜 스티커도 요기조기 붙였지.

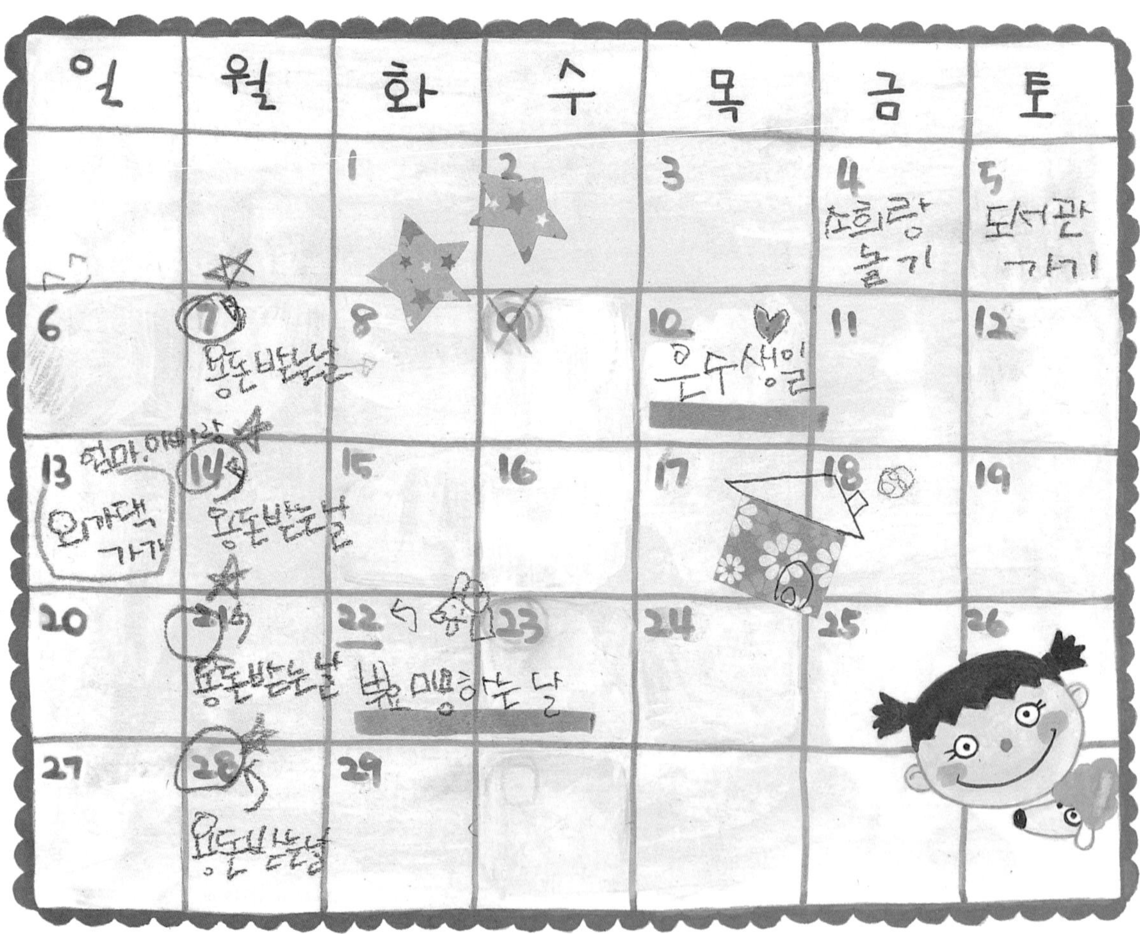

달력을 알 수 있어요!

같은 요일이 7일마다 되풀이돼요. 7일은 1주일이고, 1년은 12개월이지요. 그런데 1개월은 개월마다 날 수가 달라요.

1월은 31일, 2월은 28일(29일), 3월은 31일, 4월은 30일,
5월은 31일, 6월은 30일, 7월은 31일, 8월은 31일,
9월은 30일, 10월은 31일, 11월은 30일, 12월은 30일

달력을 읽을 때는 '○월 ○일 ○요일' 이라고 읽으면 돼요. 예를 들어 6월 4일 수요일, 또는 3월 21일 금요일처럼 읽으면 된답니다.

아름이는 주간 계획표에도 꼼꼼하게 적었어.

그날그날 알맞은 그림을 예쁘게 그려 넣고, 반짝반짝 귀여운 스티커도 붙였지.

주간 계획표

날짜	요일	계획
1	화요일	
2	수요일	미술 수업 - 크레파스 챙겨 가기
3	목요일	
4	금요일	소희랑 학교 끝나고 놀기! ^^
5	토요일	어린이 도서관 가기
6	일요일	복요랑 공원으로 산책
7	월요일	용돈 받는 날!!

날짜	요일	계획
8	화요일	
9	수요일	미술 수업 ~ 찰흙 준비
10	목요일	은수 생일
11	금요일	
12	토요일	
13	일요일	
14	월요일	

특별히 잊으면 안 되는 날에는 별표도 해 두었단다.

“헤헤, 이러면 절대 깜박하지 않을 거야!”

그 뒤로 아름이가 어떻게 되었냐고?
두 말하면 잔소리!
날짜를 깜빡깜빡 잊어버리던 아름이는 온데간데없어졌어.
그 대신 약속도 잘 지키고, 준비물도 빠트리지 않는 아름이가 되었단다.

그 비밀은 물론 '완소 다이어리' 겠지?

아름이의
다이

시계와 달력을 알아보자!

긴 바늘과 짧은 바늘 보는 법

이건 몇 시 몇 분일까? 서울시 여러분이라고? 에구! 시계를 보려면 긴 바늘과 짧은 바늘을 볼 줄 알아야 해.

긴 바늘이 가리키는 작은 눈금 1개는 1분이야. 긴 바늘이 숫자 1을 가리키면 작은 눈금 수가 5개야. 그러니까 5분이지. 숫자 2를 가리키면 작은 눈금 수는 10개니까 10분이야.

시계를 봐. 짧은 바늘이 6과 7 사이를 가리키고 있고, 긴 바늘이 숫자 2에서 눈금 3개가 더 갔어. 그러니까 지금은 6시 13분이야.

시각과 시간은 어떻게 다른 것일까?

시계의 긴 바늘과 짧은 바늘이 가리키는 숫자가 '시각' 이야.

그러면 시간은 뭘까? 어떤 시각에서 어떤 시각까지 사이를 '시간' 이라고 해. 나는 5시부터 저녁을 먹기 시작해서 6시까지 먹었어. 그러면 1시간 동안 밥을 먹은 거야.

1시간 = 60분이야. 시계 긴 바늘이 한 바퀴 도는 데 걸리는 시간은 60분이야. 그래서 110분이면, 60분(1시간) + 50분 = 110분이므로 1시간 50분이라고 하지.

1시간 = 60분

달력 알아보기

일	월	화	수	목	금	토
			1	2	3	4
5	6	7	8	9	10	11
12	13	14	15	16	17	18
19	20	21	22	23	24	25
26	27	28	29	30		

이 달의 일요일은 5일, 12일, 19일, 26일이야.

1일에서 일주일 후는 8일이야. 다시 일주일 후는 15일, 다시 일주일 후는 22일이야.

1 + 7 = 8, 8 + 7 = 15, 15 + 7 = 22

일주일은 7일마다 되풀이돼. 모두 같은 수요일이야.

그러니까 같은 요일은 일주일마다 되풀이된다는 것을 알 수 있어.

달력을 읽을 때는 '○월 ○일 ○요일' 이라고 읽으면 돼. 예를 들어 '12월 25일 토요일' 처럼 읽으면 돼.

도전! 나도 백점

우리 언제 놀러 가?

오늘은 일요일. 아름이는 엄마 아빠와 함께 놀이 공원으로 놀러 가기로 했어요. 아름이는 아침부터 일찍 일어나 시계를 바라봤어요. 아, 언제 놀러 가지? 아름이는 발을 동동거렸어요.

1. 지금은 몇 시일까요?

짧은 바늘은 숫자 7과 ☐ 사이에 있어요. 긴 바늘은 숫자 5를 가리키고 있으니까 ☐ 분이에요. 지금 시각은 ☐ 시 ☐ 분이에요.

2. 아빠가 9시 15분에 출발한다고 했어요. 그리고 10시 35분에 도착한다고 했어요. 시계 위에 9시 15분과 10시 35분을 그려 보세요.

3. 와! 신 난다! 아름이는 놀이 공원에서 아슬아슬 놀이 기구를 탔어요. 시간이 어느 새 훌쩍 지나고 말았어요. □ 안에 알맞은 수를 넣어 보세요.

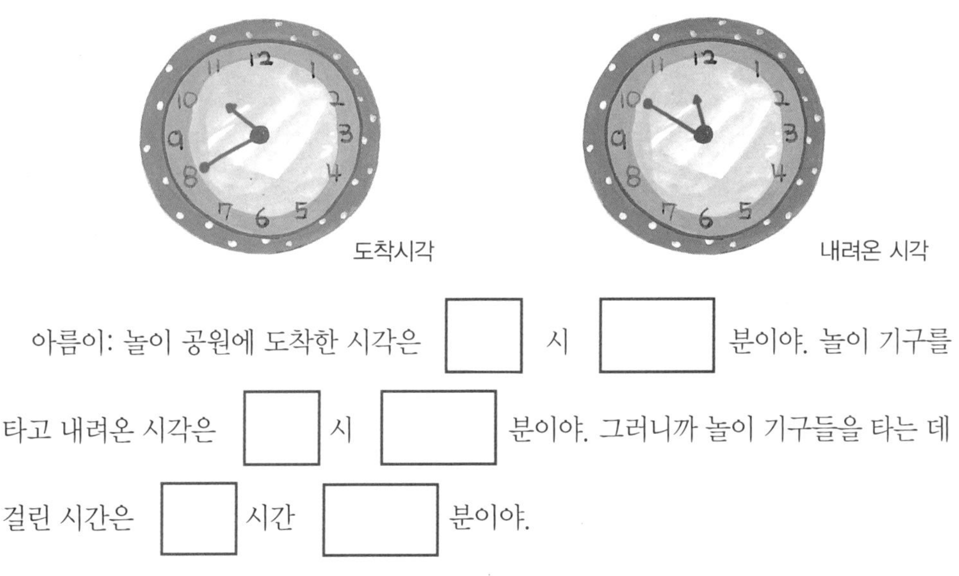

아름이: 놀이 공원에 도착한 시각은 □ 시 □ 분이야. 놀이 기구를 타고 내려온 시각은 □ 시 □ 분이야. 그러니까 놀이 기구들을 타는 데 걸린 시간은 □ 시간 □ 분이야.

4. 아름이 아빠의 말에 이어 엄마와 아름이가 시간을 얘기하고 있어요. □ 안에 알맞은 수를 넣어 보세요.

엄마: 그러면 12시 □ 분 전이구나. 12시에 점심을 먹어야지.

아름: 12시가 되려면 □ 분 남았어요.

5.

아름이와 영미는 왜 만나지 못했을까요? 그 이유를 써 보세요.

6. 아래 표를 참고하여 만화의 □ 안에 알맞은 숫자를 넣어 보세요.

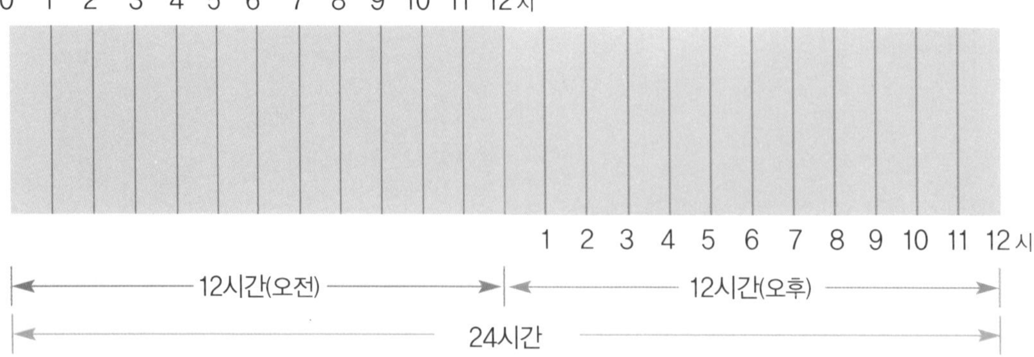

정 답

1. 8, 25, 7, 25
2.  
3. 10, 40, 11, 50, 1, 10
4. 10
5. 아름이는 오전 8시에 놀이터에서 기다렸고, 엄마는 오후 8시에 놀이터에서 기다렸어요. 약속을 할 때에는 오전과 오후를 정해야 해요.
6. 0, 12, 12, 12, 24

'분수'로 무엇이든 나눠 보자!

공부할 내용

- 똑같이 나눌 줄 알아요.
- 전체와 부분이 무엇인지 알아요.
- 분수로 전체와 부분을 나타낼 수 있어요.

이야기
마당

피자 나누기

맛있게
먹어라!
와, 정말
맛있겠다!

앗! 그런데
피자가 안
잘라져 있네!
우리 싸우지 말고
공평하게 나눠 먹자.
그래! 똑같이
먹는 거야.

어떻게 잘라야 똑같이
나눠 먹을 수 있을까?
학교에서 선생님이
가르쳐 주셨잖아. 분수를
이용하는 거야!

분수?
그래, 똑같이 나누어진
도형은 모양과 크기가 똑같다고
그러셨잖아. 그래서 나누어진
도형을 서로 포개면 완전히
겹쳐진다고.

맞아! 똑같이 6으로
나눈 것 중의 1은
$\frac{1}{6}$ 이야.
똑같이 6으로
나눈 것 중의
2는 $\frac{2}{6}$야.
우리는 여섯 명이니까 여섯
조각으로 똑같이 나누면 돼.

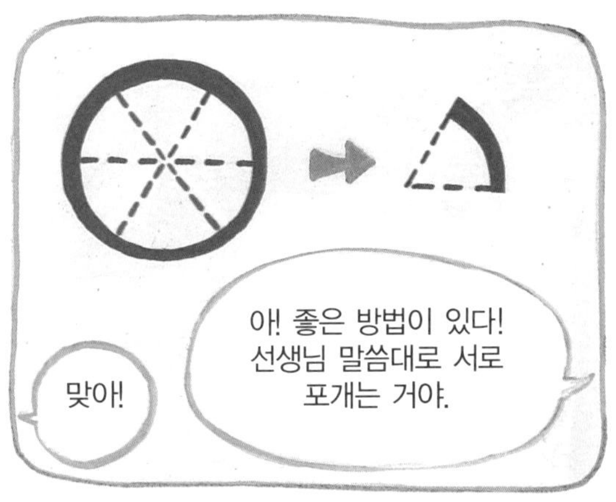

똑같이 나누어진 도형은 모양과 크기가 똑같다. 그래서 나누어진 도형을 서로 포개면 완전히 겹쳐진다.

할아버지 할머니의 행복한 집

달그락달그락, 우당탕탕!
오늘 아름이네는 아침 일찍부터 온가족이 모여 부산을 떨었어.
바로 '행복한 집' 할머니, 할아버지를 만나러 가는 날이거든.
아빠는 벌써 커다란 떡 케이크와 맛있는 과일을 준비했고,
엄마는 수정과와 식혜를 잔뜩 담그셨지.
아름이는 엄마 아빠 주변에서 코를 벌름벌름.
"아, 맛있겠다! 할머니랑 할아버지가 분명 좋아하실 거야.
엄마 아빠, 우리 언제 가요? 빨리 가요!"
그러자 엄마와 아빠가 아름이를 보고 빙그레 웃으셨지.
"다 됐어. 조금만 기다리렴."

곧 모든 준비가 끝나고, 아름이네 가족은 사이좋게 자동차에 올라탔어.

아름이는 가슴이 두근두근 뛰었지.

'지규 할아버지랑 계동 할아버지는 잘 계실까? 지난번에 점례 할머니가 무릎이 아프다고 하셨는데……. 이제 괜찮으시겠지?'

그래도 누구보다 아름이가 가장 뵙고 싶은 분은 바로 꽃순이 할머니였어.

'행복한 집' 에서 아름이를 가장 귀여워해 주시는 분이거든.

"할머니, 할아버지! 아름이 왔어요!"

아름이는 '행복한 집' 에 도착하자마자 큰 소리로 인사했어.

"아이고, 우리 아름이 왔어?"

"어서 오너라, 우리 강아지."

할머니와 할아버지는 아름이를 보고 크게 반가워하셨지.

그 가운데 가장 아름이를 반겨 주신 분은 역시 꽃순이 할머니셨어.

아름이는 꽃순이 할머니 품에 폭!

"할머니, 뵙고 싶었어요!"

"그래, 그래. 우리 예쁜이. 할머니도 보고 싶었어."

그사이 엄마 아빠는 할아버지와 할머니를 위한 상을 차리셨지.

아삭아삭한 과일과 고소한 한과, 달콤한 식혜와 향긋한 수정과, 동글동글 약과와 곶감 들을 한 상 가득 올렸단다.

아름이는 저도 모르게 군침을 꼴깍!

할머니, 할아버지도 한 분씩 자리를 잡고 앉으셨어.

'행복한 집' 할머니와 할아버지가 모두 자리에 앉으시자 아빠가 커다란 떡 케이크를 들고 나타나셨어.

"자, 오늘의 특별 메뉴입니다!"

"아이고야, 세상에나!"

아빠가 커다란 떡 케이크를 내려놓자 할아버지와 할머니는 손뼉을 치며 몹시 좋아하셨어.

그때 아빠가 아름이에게 말씀하셨어.

"아름아, 네가 떡 케이크를 할아버지, 할머니께 잘라 드릴래?"

"네? 그래도 돼요?"

아름이는 기뻐하며 얼른 케이크 칼을 받아들었어.

케이크를 바라보는 아름이의 눈이 초롱초롱 빛났지.

'어떻게 잘라야 할까? 할아버지와 할머니가 모두 8분이시니까…….'

아름이는 고민 끝에 가운데를 세로로 쓱쓱 잘랐어.

그리고 가로로 한 번 더 잘랐지.

똑같이 나눌 수 있어요!

똑같이 나누어진 도형은 모양과 크기가 똑같답니다. 그래서 나누어진 도형을 서로 포개면 완전히 겹쳐요.

① 둘로 나누기

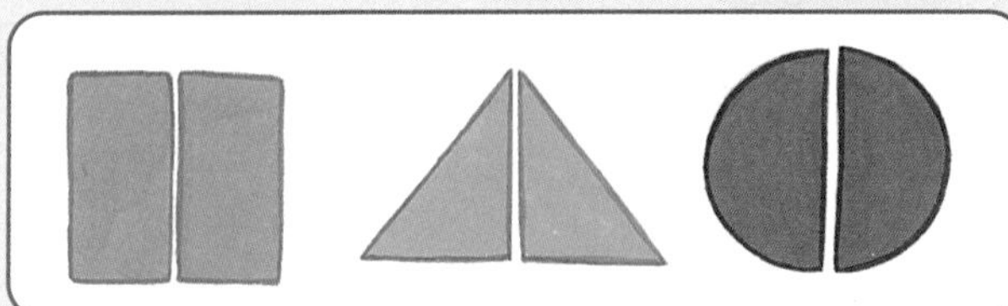

도형을 반으로 접고, 접은 부분을 따라 자르면 똑같이 둘로 나눌 수 있답니다.

② 셋으로 나누기

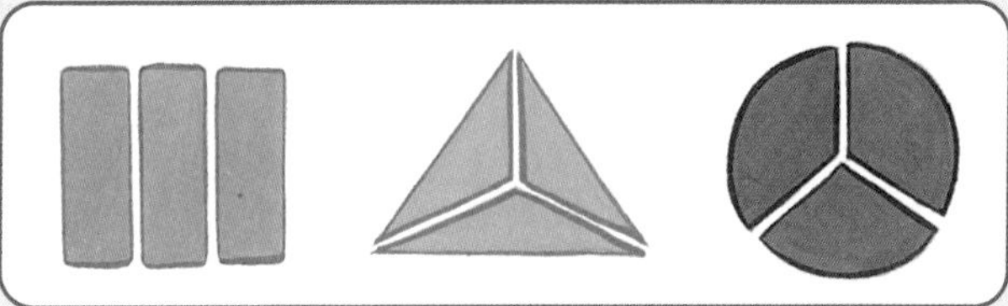

③ 넷으로 나누기

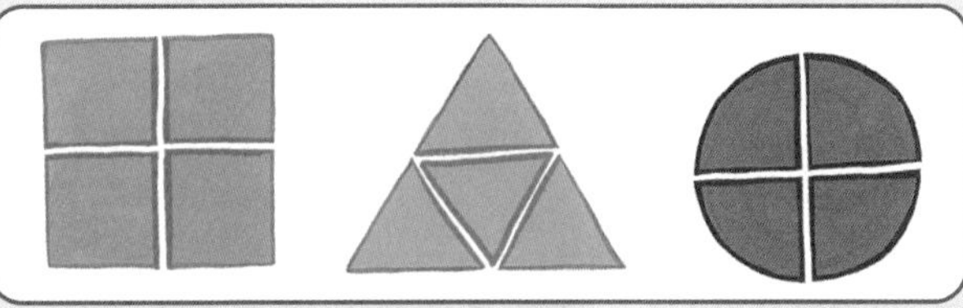

★ 나누어진 도형을 서로 포갰을 때 완전히 겹치지 않으면, 똑같이 나누어진 도형이 아니에요!

아름이는 세로로 두 번을 더 잘랐어.

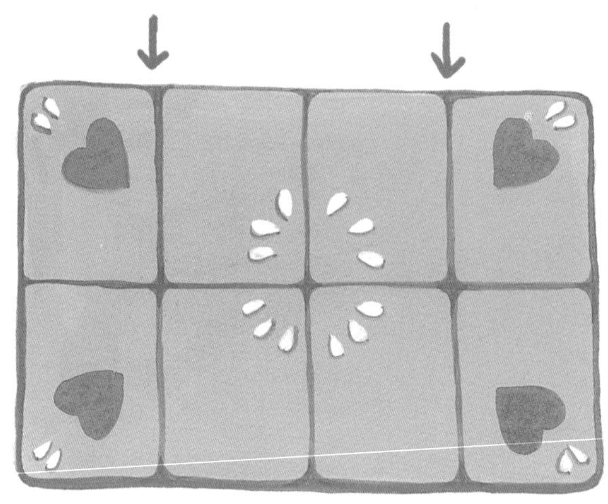

그제야 떡 케이크는 정확히 8조각으로 나뉘어졌지.

할아버지와 할머니는 입을 모아 아름이를 칭찬해 주셨어.

"아이고, 아름이가 정말 똘똘하구먼."

"그렇고말고. 아주 기특해."

전체와 부분의 크기를 알 수 있어요!

전체와 부분의 크기를 비교하려면 나눈 부분의 모양과 크기가 똑같아야 해요. 그리고 전체를 똑같이 몇으로 나누었는지를 보고, 나눈 부분과 전체의 크기를 비교한답니다.

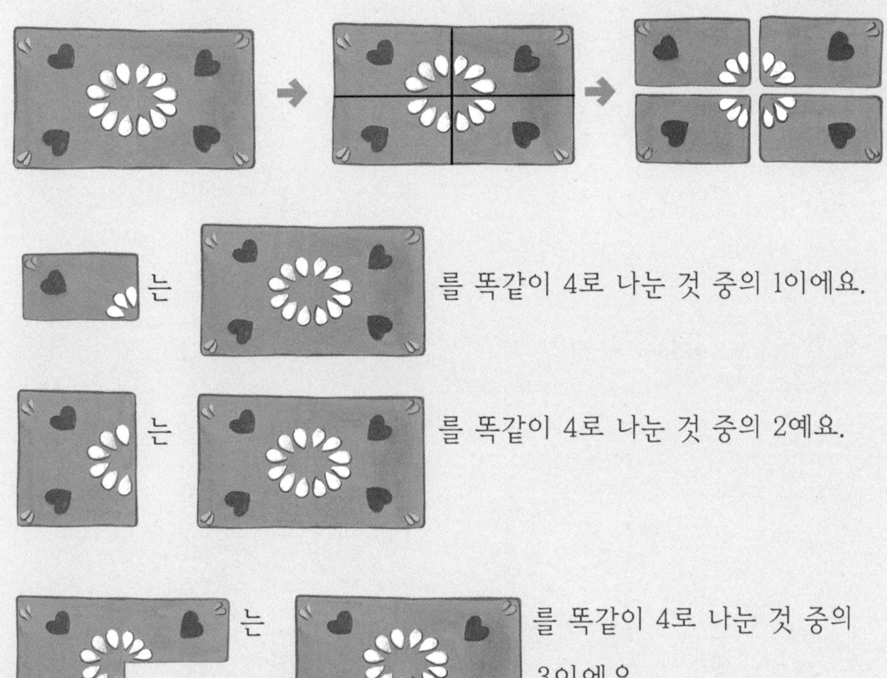

케이크를 다 자른 아름이는 할아버지와 할머니께 한 조각씩 드렸어.
항상 웃고 계시는 꽃순이 할머니께 먼저 한 조각,

8조각에서 7조각 남음 : $\frac{7}{8}$

흰 수염을 길게 기르신 근식이 할아버지께도 한 조각…….

8조각에서 6조각 남음 : $\frac{6}{8}$

아름이는 할머니, 할아버지께 떡 케이크를 골고루 나누어 드렸단다.

분수를 알 수 있어요!

색칠한 부분은 전체를 똑같이 2로 나눈 것 중의 1이에요. 이것을 $\frac{1}{2}$ 이라고 쓰고, 이분의 일이라고 읽지요.

색칠한 부분은 전체를 똑같이 3으로 나눈 것 중의 1이에요. 이것을 $\frac{1}{3}$ 이라고 쓰고, 삼분의 일이라고 읽지요.

색칠한 부분은 전체를 똑같이 4로 나눈 것 중의 1이에요. 이것을 $\frac{1}{4}$이라고 쓰고, 사분의 일이라고 읽지요.

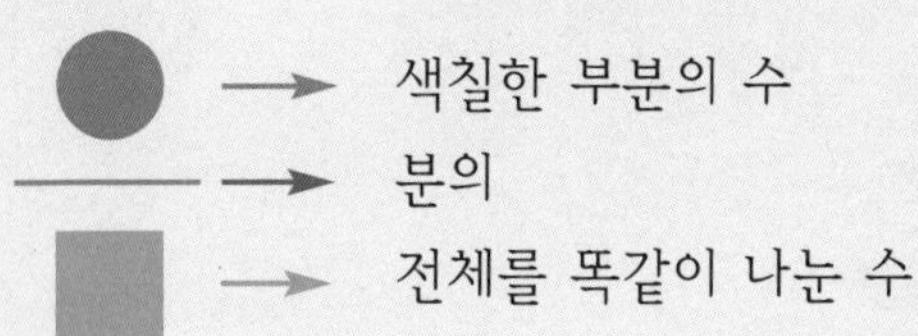

$\frac{1}{2}$, $\frac{1}{3}$, $\frac{1}{4}$ 과 같은 수가 바로 '분수'예요. 분수는 가로선 아래의 수를 먼저 읽고, 가로선 위의 수를 읽어요.

● → 색칠한 부분의 수
── → 분의
■ → 전체를 똑같이 나눈 수

"아이고, 우리 아름이가 잘라 준 떡이라 그런지 더 맛나네!"

"그럼! 아름아, 고맙다. 잘 먹을게."

할아버지, 할머니는 너도 나도 떡 케이크를 오물오물.

아주 맛있게 드셨어.

아름이는 그 모습을 보기만 해도 배가 절로 부르는 것 같았지.

아름이는 엄마 아빠에게 살짝 속삭였어.

“엄마, 아빠. 앞으로 할아버지와 할머니를 더 자주 뵈러 와요!”

엄마 아빠는 빙그레 웃으며 고개를 끄덕끄덕.

“그래! 그러자꾸나!”

그리고 아름이와 엄마 아빠는 할아버지, 할머니께 넙죽 큰절을 올렸단다.

“할아버지, 할머니! 많이 드시고 오래오래 사세요!”

분수를 배워 보자!

똑같이 나누어 보자.

색종이를 접어 봐.

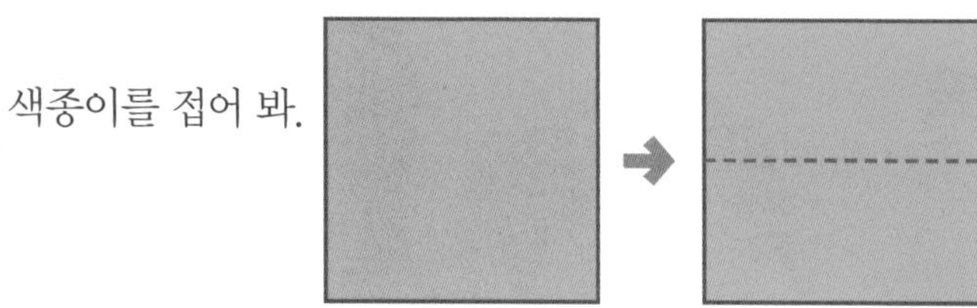

똑같이 나누어진 도형은 모양과 크기가 똑같아.

그래서 나누어진 도형을 서로 포개면 완전히 겹치지.

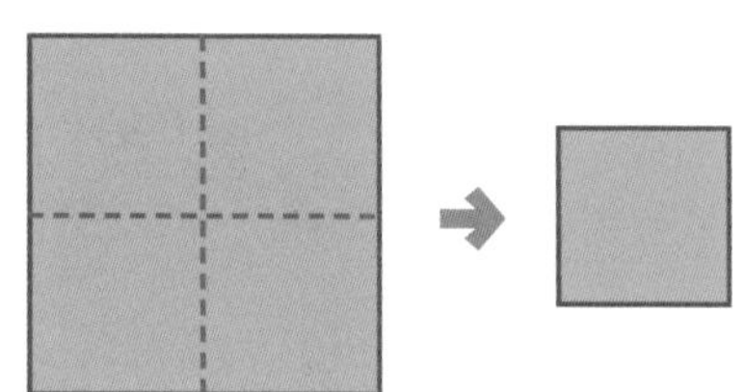

나누어진 도형을 서로 포갰을 때 완전히 겹치지 않으면, 똑같이 나누어진 도형이 아니야.

전체와 부분의 크기를 알아보자.

원 모양의 종이를 가위로 잘라 봐. 나눈 부분의 모양과 크기가 똑같아야 해.

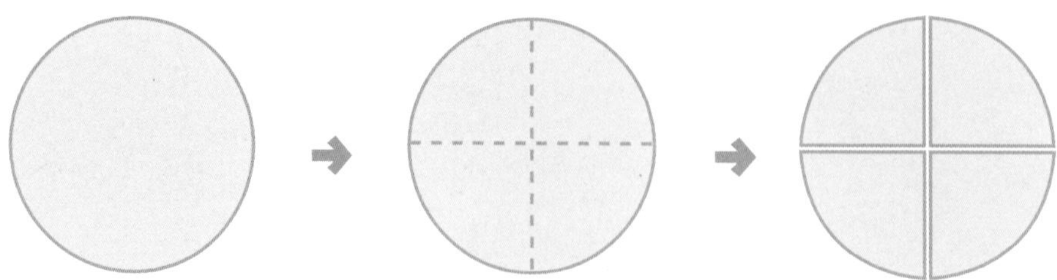

전체와 부분의 크기를 비교해 봐. 전체를 똑같이 몇으로 나누었는지 살펴봐. 나눈 부분과 전체의 크기를 비교해 봐.

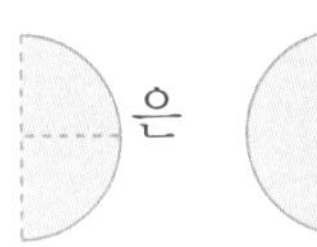 은 을 똑같이 4로 나눈 것 중의 2야.

분수란 무엇일까?

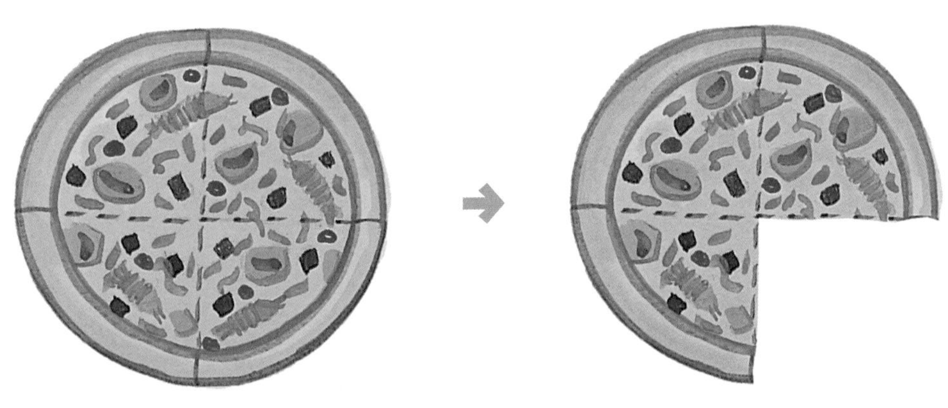

맛있는 피자야. 전체를 똑같이 4로 나눈 것 중에서 3이야.

이것을 $\frac{3}{4}$ 이라 쓰고, '사분의 삼' 이라고 읽어.

$\frac{1}{2}$, $\frac{1}{3}$, $\frac{1}{4}$과 같은 수가 **'분수'** 야. 분수는 가로선 아래의 수를 먼저 읽고, 가로선 위의 수를 읽어.

도전! 나도 백점

빵 만들기 파티하는 날

오늘은 빵과 케이크를 만드는 날이에요. 아름이는 친구들과 함께 빵과 케이크를 만들었어요. 물론 아빠가 도와주셨지요. 먹음직스러운 빵과 케이크가 완성되었어요. 아이들은 꼴깍꼴깍, 침이 넘어갔어요.

1. 똑같이 셋으로 나누어진 것을 골라 보세요.

①   

 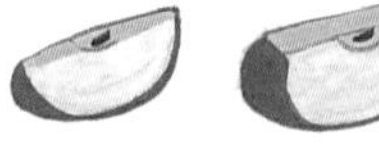 

④   

2. 각 그림에는 나머지와 다른 부분들이 있어요. 그림을 알맞게 표현한 문장과 연결해 보세요.

① 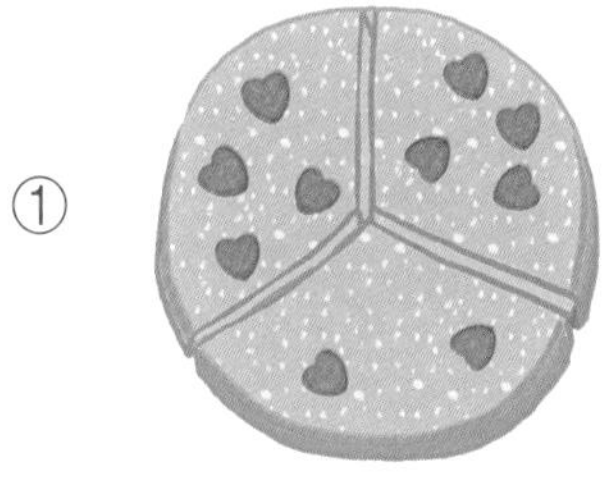 • ㉮ 전체를 2로 나눈 것 중의 1입니다.

②  • ㉯ 전체를 3으로 나눈 것 중의 2입니다.

③ 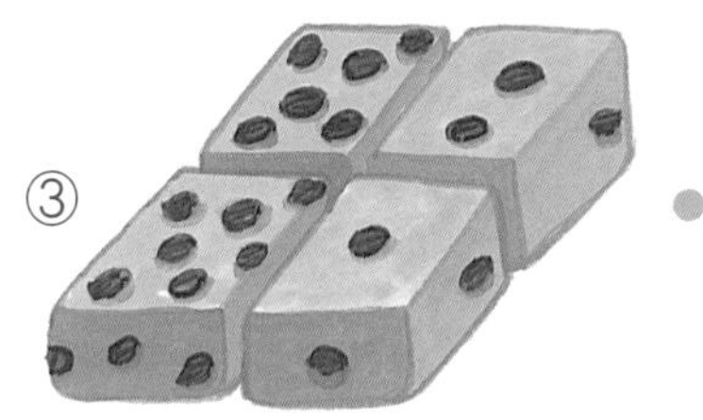 • ㉰ 전체를 4로 나눈 것 중의 2입니다.

3. 아름이는 특별한 모양의 케이크를 만들었어요. 이 케이크의 $\frac{1}{3}$에 초콜릿을 발라 보세요.

4. 아름이는 친구들과 함께 딸기 빵을 나눠 먹었어요. 그러자 이렇게 남았어요. 남아 있는 부분이 얼마나 되나요?

5. 아름이와 소희와 은수는 우유와 주스를 마셨어요. 컵에 남은 우유와 주스는 얼마나 되나요? 분수로 써 보세요.

① 아름이가 남긴 우유

(　　　　)

② 소희가 남긴 우유

(　　　　)

③ 은수가 남긴 주스

(　　　　)

정답

1. ③ 2. ①-㉯, ②-㉮, ③-㉰
3.

4. 전체를 똑같이 4조각으로 나눈 것 중의 3조각이에요. 이것을 $\frac{3}{4}$이라고 해요.
5. $\frac{1}{3}$, $\frac{1}{4}$, $\frac{1}{2}$